Haf o Hyd?

Cyfrol o straeon byrion

bwthyn
GWASG Y BWTHYN

ISBN: 978-1-907424-85-4

Cyhoeddwyd gyda chymorth ariannol
Cyngor Llyfrau Cymru.

Cyhoeddwyd ac argraffwyd gan
Wasg y Bwthyn, Caernarfon
gwasgybwthyn@btconnect.com

CYNNWYS

Diolch i bawb sydd wedi cyfrannu
at y llyfr hwn.

Diolch i chi'r darllenydd am ddewis
y gyfrol hon i'w darllen.

Mwynhewch!

Yr Awduron

MARI GWILYM

Braint i Mari Gwilym yw
cael cynnwys ei stori yn y
gyfrol hon. Ar hyn o bryd,
mae'n sgwennu casgliad o rai
mymryn yn wahanol, gan eu
bod i gyd yn tarddu o
brofiadau sydd wedi digwydd
iddi hi'n bersonol neu i'w
chydnabod, a hithau wedyn,
ar ôl eu hadrodd sawl gwaith,
yn eu sgwennu – o'r llafar i'r
ddalen. Felly, roedd hi'n chwa
o awyr iach iddi gael creu

stori mewn dull gwahanol i'r uchod sy'n ffrwyth ei dychymyg
yn llwyr, heb gynnwys digwyddiad na chymeriad na phrofiad
o'i heiddo hi'i hun na neb arall ynddi o gwbl. Magwyd hi ym
mhentre Pontllyfni yng nghwmwd Clynnogfawr. Mae'n byw yng
Nghaernarfon hefo'i gŵr, y Cofi a'r Tywysydd-Tref, Emrys
Llewelyn, ers blynyddoedd lawer.

Beth yw'r haf i mi?

Gan fy mod yn hanu o'r Pistyll ger Nefyn yn Llŷn, hyn yw'r haf
delfrydol i mi :

> Gwymon, cerrynt, a chregyn;
> Sêr-môr mewn tywod melyn;
> Tonnau fel tannau telyn:
> haf a haul yn hael yn Llŷn.

9

ANNES GLYNN

Un o genod 'Gwlad y Medra' yn wreiddiol. Awdur tair nofel, a chyfrol o lên meicro a enillodd iddi Fedal Ryddiaith Casnewydd 2004. Daeth rhai o'i straeon byrion i'r brig mewn amrywiol gystadlaethau.

Beth yw'r haf i mi?
Ffoi oddi wrth fy nghyfrifoldebau – a'r ffôn! – am bythefnos. Byw yn y funud a mwynhau'r pleserau syml: ymgolli'n llwyr mewn llyfr difyr, sgwrsio'n hamddenol uwch pryd o fwyd blasus, oedi ar lan afon, mor llonydd â'r crëyr sy'n llygadu'r dŵr ychydig lathenni oddi wrthyf.

ALED ISLWYN

Brodor o Bort Talbot yw Aled, ond bu'n byw ac yn gweithio yng Nghaerdydd ers dros ddeugain mlynedd. Mae'n awdur nifer o nofelau a chyhoeddodd dair cyfrol o storiau byrion yn ogystal. Mae'n dal wrthi.

Beth yw'r haf i mi?
Byw mewn gobaith am heulwen a mefus . . . a mwy.

LLEUCU ROBERTS

Mae Lleucu yr ochr anghywir
i 50, yn gyfieithydd ac yn
awdur yn Rhostryfan. Mae
ganddi bump o blant mawr –
pedwar ohonyn nhw'n
gallach na hi, ac mae'n briod
â'r llall.

Beth yw'r haf i mi?
Haf i mi yw tywydd llai
diddorol ond digon o olau
dydd i gerdded yn bell a dod
nôl adre cyn nos.

HAF LLEWELYN

Mae Haf yn ysgrifennu ar
gyfer oedolion a phlant, ac
wedi cyhoeddi sawl nofel
ynghŷd a chyfrol o
farddoniaeth. Mae'n byw yn
Llanuwchllyn bellach ers
bron i dri degawd, yn briod
ac yn fam i bedwar o blant.
Yn wreiddiol o Gwm Nantcol
yn Ardudwy, ac yn dal i
feddwl mai yno rhwng y môr
a'r mynydd mae Iwtopia – yn
arbennig yn yr ha'.

Beth yw'r haf i mi?
Wel, cyfle i fynd i fyny am Ddrws Adudwy yn y Rhinogydd i hel
llus, dyna fy atgo pennaf am yr ha' pob blwyddyn, hynny a
chael ymlacio yn yr ardd efo ffrindiau.

RHIAN OWEN

Un o Fodffordd, Ynys Môn yw
Rhian, ond yn byw ers
blynyddoedd yn Llangefni. Ar
ôl graddio ym Mhrifysgol
Aberystwyth dechreuodd ei
gyrfa fel athrawes ym
Mryngwran. Bu'n ddirprwy
brifathrawes yn y Gaerwen
ac yna'n bennaeth ar Ysgol
Aberffraw. Ers iddi orffen ei
gyrfa yn fuan manteisiodd ar
y cyfle i ail afael mewn
ysgrifennu gan gwblhau

gradd MA Ysgrifennu Creadigol ym Mhrifysgol Bangor yn
2015, ac yn y flwyddyn honno enillodd Gadair a Choron
Eisteddfod Môn.

Beth yw'r haf i mi?

Cerdded llwybrau'r arfordir mewn tywydd braf, paned a
brechdan ar lan y môr a mwynhau'r golygfeydd.

NON TUDUR

Cafodd Non ei magu yn
Lledrod yng Ngheredigion –
hanner ffordd rhwng
Tregaron ac Aberystwyth –
ond bellach mae hi'n byw ym
mhentref Rhostryfan ger
Caernarfon. Mae hi'n
hiraethu o hyd am y
cyfnodau byrion y bu'n byw
ac yn gweithio yng Ngwlad
Belg a'r Eidal yn ei
hugeiniau cynnar, ond mae

newydd ddechrau ar daith arall gyffrous – ar ôl rhoi genedigaeth i ferch fach o'r enw Ethni. Mae hi wastad wedi bod wrth ei bodd yn bracso (un o eiriau ei mam, sy'n enedigol o Gwm Rhondda) yn y môr ac yn credu'n gryf yng ngrym adferol y tonnau. Mae Non yn gweithio fel gohebydd i'r cylchgrawn *Golwg*, gan ganolbwyntio ar y celfyddydau yn bennaf.

Beth yw'r haf i mi?
Caiff fy niweddar fam-gu annwyl, Mair Kitchener Davies, ateb honna: 'A minnau, pan ddaw fy nos, a gofiaf fy haf.' ('Diwrnod o Haf', *Y Fflam*, Nadolig 1946)

LLIO MADDOCKS

Daw Llio o Lan Ffestiniog. Astudiodd Saesneg a Ffrangeg ym Mhrifysgol Leeds ac enillodd y Goron yn Eisteddfod yr Urdd 2014. Bu'n gweithio gyda gwasg Penguin Random House yn Llundain am gyfnod, ac mae hi bellach yn ôl yng Ngogledd Cymru yn gweithio gyda'r Urdd. Yn ei hamser rhydd mae hi'n mwynhau rhedeg marathonau, chwarae cerddoriaeth glasurol ar ei soddgrwth, astudio at ei doethuriaeth mewn ffiseg,(a dweud celwyddau er mwyn swnio'n fwy diddorol!)

Beth yw'r haf i mi?
  Ogla tarmac ar ôl storm boeth, a pheidio gorfod gwisgo sgidiau am ddeufis cyfan a chael cerdded yn droednoeth drwy wair, tywod a dŵr.

HEIDDWEN TOMOS

Mae Heiddwen yn fam i dri
ac yn Bennaeth Drama yn
Nyffryn Teifi. Mae'n byw ar
fferm gyda'i gŵr ac yn
mwynhau peintio a throi
pren.

Beth yw'r haf i mi?
Dihangfa yw'r haf i mi. Cyfle
i eistedd ar draeth
Cei Newydd gyda'r plant â
chwdyn o *chips*, llosg haul a
llonydd.

GWEN LASARUS

Daw Gwen Lasarus o
Lanfairpwllgwyngyll, Ynys
Môn yn wreiddiol, ond
bellach mae'n byw ym
Methel gyda'i gŵr ac yn fam i
Ifan a Greta Jams.
Mae'n mwynhau cerdded yr
arfordir yn ystod pob un
tymor, yn yr haul ac mewn
cenllysg. Mae hi'n athrawes
yoga ac yn mwynhau'r
celfyddydau.

Beth yw'r Haf i mi ?
Aberdaron, carafán, ac edrych ar y môr a'r machlud.

GARETH EVANS JONES

Daw Gareth o Draeth Bychan ger Marian-Glas, Ynys Môn. Graddiodd mewn Cymraeg ac Astudiaethau Crefyddol o Brifysgol Bangor yn 2012 cyn cwblhau gradd MA mewn Cymraeg ac Ysgrifennu Creadigol y flwyddyn ganlynol. Bellach mae ar drydedd flwyddyn cwrs doethuriaeth ar y cyd rhwng Ysgol y Gymraeg ac

Ysgol Athroniaeth a Chrefydd, Prifysgol Bangor. Daeth dwy o'i ddramâu'n fuddugol yng nghystadleuaeth cyfansoddi drama Cymdeithas Ddrama Cymru yn 2010 a 2012 a bu'n ffodus iawn o ennill Medal Ddrama'r Eisteddfod Ryng-golegol yn 2012. Mae wedi sgriptio ar gyfer criw ieuenctid Theatr Fach, Llangefni a Chymdeithas y Ddrama Gymraeg Prifysgol Bangor, yn ogystal â chyfrannu i'r cyfrolau *Nadolig, Pwy a ŵyr?* ac *Estyn Llaw*.

Beth yw'r haf i mi?
Yr haf i mi ydi 'Steddfod, Sioe Môn a mymryn o seibiant.

MARI GWILYM

Ma' hi'n dreigio!

'Ooo!' gruddfanodd Sioned uwchben ei chornfflêcs. 'Ma 'mhen i yn y nhin i!'

'Wel arnat ti ma'r bai, 'ntê, yn yfad yr hen ddiodydd *alcoholic-pops* 'na tan yr oria mân!' cyhuddodd ei nain. 'Ma'n syndod bo' chdi 'di codi o gwbwl!'

'Mam!' ffrwydrodd Glenda, merch Annie-May a mam Sioned, 'Gadwch lonydd iddi.'

'Ma' 'di bod yn yfad dan oed eto, 'do! Dy fai di ydi o, Glenda!'

'O, peidiwch â rwdlian, ddynas.'

'Tasa chdi 'di dewis tad call iddi, 'sa 'na fwy o drefn ar yr hogan!' cyhuddodd Annie-May am y canfed tro.

'O, na! Dim eto!' gruddfanodd Sioned – yn uchel – yn y gobaith y basa'r ddwy arall yn rhoi'r gora i'w ffraeo arferol a pharhaus – bora 'ma o bob bora, pan oedd ei phen hitha bron â hollti. 'O'dd Taid yn dad *fantastic*, a . . .'

'Sioned, paid â bod yn ddigwilydd yn atab fi'n ôl fel'a! Glenda, ma' hen bryd i ti ddisgyblu dy blentyn dy hun, yn lle gadal i mi, a dy dad o 'mlaen i, orod gneud hynny'n dy le di . . . Ti'n clywad?' edliwiodd Annie-May.

'Dwi'n mynd,' oedd ymateb Glenda. A chydiodd yn ei briffces, ei chôt law, a goriada ei char newydd sbon danlli, ac aeth allan dan gau y drws ffrynt yn glep ar ei hôl.

'Well i finna fynd 'fyd,' meddai Sioned, wrth stryffaglu i godi. A mynd wnaeth hitha, gan adael ei nain ar ei phen ei hun i olchi'r llestri brecwast. Mynnai honno eu golchi nhw i gyd â llaw yn hytrach na defnyddio'r peiriant golchi llestri pwrpasol oedd yn y gegin.

'Mwya' ffŵl hi,' meddyliodd Sioned wrth sleifio allan, gan ofalu peidio â chau'r drws yn glep rhag ofn i'r sŵn andwyo'i chur pen.

Teimlai Annie-May yn union fel mefusen slwjlyd mewn stiw chwilboeth. Roedd hi'n flîn fel cacwn caeth mewn pot jam â chaead arno fo. Gwaethygu, nid gwella petha, roedd yr haf diderfyn hwn, a doedd ganddi hitha awydd yn y byd i neud affliw o ddim yn y gwres a'i llethai.

Eisteddodd wrth y bwrdd brecwast blêr yn nhŷ Glenda, oedd i fod yn gartre iddi hithau, ond nad oedd o'n teimlo'n hynny. Roedd hi fel petai'n anweladwy i'r ddwy arall y dyddiau hyn. Ewyllysiodd ei hun i godi a golchi'r llestri. Wfftiodd yn hunandosturiol wrth feddwl y byddai'n rhaid iddi, nes 'mlaen, baratoi swper ar gyfer y tair ohonyn nhw.

'Mi dwi'n rhy hen,' ochneidiodd. 'Fedar neb fod yn ifanc am byth, m'wn.'

Rodd hi wedi syrffedu'n lân. Bron nad oedd hi'n suddo'n raddol i ryw nychdod chwerw, a neb o gwbl yno i gadw cwmni iddi, nac i wrando'i chwyn. A fel'na buodd hi'n teimlo drwy'r dydd.

Bu diwrnod Glenda, ar y llaw arall, yn un tra gwahanol, a'r cyfarfodydd fynychodd hi'n rhai ddygodd ffrwyth iddi – o ran gwaith, beth bynnag.

Ond erbyn i'r dydd dynnu at ei derfyn, doedd ganddi ddim awydd mynd adra o gwbl. Gwyddai be fyddai o'i blaen: ei merch benchwiban, ar y naill law, yn ymddwyn yn nodweddiadol hormonaidd ac afresymol, a'r hen ddraig ei mam ar y llaw arall, oedd ddim mor oedrannus a hynny mewn gwirionedd, yn mynnu ei bod hi'n tynnu 'mlaen, ac yn swnian a grwgnach yn ddi-baid o'r herwydd. Roedd Annie-May yn medru bod yn un biwis, meddyliodd Glenda. Ond roedd hi saith gwaith gwaeth rŵan ers i Glyn farw ddwy flynedd yn ôl, ac roedd Glenda'n difaru'i henaid ei bod hi wedi rhoi cynnig i'w mam ddod i fyw ati hi a Sioned.

Daeth 'na rhyw bwl bach o hiraeth am ei thad drosti. Yn eu ffyrdd eu hunain, roedd y tair ohonyn nhw'n colli'r dyn tawel, rhesymol hwnnw. Fo fyddai'n cadw'r ddysgl yn wastad rhyngddyn nhw, ac mi roedd ei golli fo yn golled lem i'r tair. Ochneidiodd, a hel ei meddyliau duon o'r neilltu. Taflodd ei briffces ar sêt gefn ei char. Yna, aeth i eistedd yn hamddenol tu ôl i'r llyw. Ogleuodd ledr y seti yn ei Mini Cooper Estate newydd, a diolchodd bod ganddi joban oedd wrth ei bodd ac yn talu'n dda, achos heb honno, yn ei thyb hi, mi fasa'i bywyd hi'n un digon undonog a diflas.

Taniodd yr injian, ac wedyn radio'r car, a daeth cerddoriaeth esmwyth *Classic FM* i'w chlyw. Ar amrantiad, lleddfwyd ei meddyliau duon a'u troi yn rhai melfedaidd, braf. Gyrrodd yn araf, hamddenol ar ei thaith, yn hynod falch fod system awyru'r car yn ei hamddiffyn rhag y gwres trymaidd y tu allan.

Doedd 'na ddim brys i gyrraedd pen ei thaith wedi'r cwbwl, er bod ganddi siwrna hwy nag arfer o'i blaen, gan ei bod hi wedi bod yn pwyllgora cryn bellter o'i chartref. Ac roedd hi'n bleser pur cael profi gwerth ei char newydd, fel petai, a hefyd fwynhau gweld golygfeydd godidog cefn gwlad yn mynd heibio iddi, yn enwedig gan fod byd natur yn ei ogoniant ddechrau'r haf fel hyn, ym 'mherffeithrwydd ei wisgoedd' amrywiol.

Diwrnod digon hwyliog gafodd Sioned ar ei diwrnod olaf ym mlwyddyn deg yn yr ysgol. Ond roedd hi'n dal i deimlo'n o simsan wrth nadreddu'i ffordd yn ôl am adra' ar ddiwedd diwrnod ola tymor yr haf.

'Ooo!' gruddfanodd a chwarddodd bob yn ail. 'Ma mhen i yn 'y nhin i!'

Er ei bod hi'n teimlo'n hynod o boeth yn y gwres llethol, a bod 'na ffrwd fechan o chwys yn llifo i lawr ei meingefn rhwng ei chnawd a'i blows, roedd hi'n teimlo'n ddigon c'lonnog.

'Dwn i'm be 'swn i'n neud tasai'n ha' *sticky* fel'ma o hyd!' tuchanodd, gan rwbio'i thalcen ac ewyllysio i'w chur pen ddiflannu. Wrth iddi syllu ar yr awyr las uwchben, a chlywed yr adar bach yn canu'n y coed, a sylwi ar y bloda'n edrych fel tae nhw'n gwenu ar yr haul, doedd hi ddim dicach ei bod hi'n dywydd poeth mewn gwirionedd.

'Bai fi 'di o bo fi 'di yfad gormod n'ithiwr,' meddyliodd.

Baglodd ar draws ei thraed ei hun gan nad oedd hi'n canolbwyntio ar lle ro'dd hi'n eu rhoi nhw. Wedyn chwarddodd am ben y ffaith ei bod hi mor drwsgl.

'Wel cachu rwj!' ebychodd. '*Heno* ddylsan ni fod yn selybretio, dim n'ithiwr!'

Pan oedd hi'n tynnu am tua phedwar o'r gloch, roedd Annie-May yn dal i fod â'i phen yn ei phlu, heb symud o'r gegin, ac yn hel meddyliau o hyd. Doedd hi ddim wedi paratoi cinio iddi'i hun, hyd yn oed, heb sôn am hwylio te-bach ar gyfer Sioned. Dychrynodd pan ganodd y ffôn. Ymlusgodd tuag at yr un agosaf ati, sef hwnnw oedd ar y bwrdd bach yn y cyntedd. Cododd y derbynnydd, gan feddwl yn siŵr mai Sioned ei hun oedd yno yn rhoi gwybod iddi y byddai'n hwyr o'r ysgol. Digwyddai hynny'n aml iawn. Go brin mai Glenda fyddai'n ei ffonio, gan mai pur anaml y byddai honno'n gwneud, ac eto, gallai heddiw fod yn wahanol gan fod ei merch yn gweithio ymhell o'i chartref.

Ond doedd 'run o'r ddwy ar ben arall y lein. Pan glywodd Annie-May y llais lled gyfarwydd, roedd hi'n wirioneddol syfrdan. A'r unig beth oedd hi'n gallu'i ddweud oedd ateb y llais a chytuno'n dawel â'r hyn oedd yn ofynnol iddi ei wneud drwy ddweud un gair yn unig, sef: 'Gwnaf.'

Gadawodd nodyn i'w hwyres mewn amlen. Roedd hi ar gymaint o frys fel nad oedd hi'n ymwybodol o be roedd hi'n sgwennu bron. Cythrodd am ei sgidia-sodla a'u rhoi am ei thraed. Yna cerddodd allan i'r awyr iach dan gamu'n ara deg, fel tae hi mewn breuddwyd.

Pan gyrhaeddodd Sioned adref, gwyddai ar ei hunion fod 'na rywbeth mawr o'i le. Yn un peth, doedd dim rhaid iddi ddefnyddio'i goriad i fynd i mewn gan fod y drws yn gilagored, ac yn ail, roedd y lle yn wag a dim golwg o'i nain yn unlle. Doedd 'na ddim te-bach wedi ei osod ar fwrdd y gegin, nac arogleuon coginio, na chynhesrwydd yn dod oddi yno o gwbl. Galwodd yn ofer am ei nain, ond roedd 'na fantell o fudandod anghyfarwydd iawn ar hyd y lle.

Llyncodd Sioned ei phoer yn galed, a chywilyddiodd am ei bod hi'n teimlo'n hynod ddagreuol, fel tae hi wedi colli ei nain, ac na ddôi hi byth yn ei hôl. Synnodd wrth sylweddoli pa mor ddibynnol oedd hi ar Annie-May mewn gwirionedd. Aeth pang dwysach o betruster drosti. Be 'tasa 'na rywbeth ffiaidd wedi digwydd iddi? Doedd Sioned erioed wedi dirnad y gallai fod gan Annie-May fywyd arall y tu allan i'w byd hi a'i mam: dim ond nhw'u tair . . . . Wfftiodd wedyn at ei hofnau plentynnaidd hi ei hun. Pam oedd hi'n mynd i banig fel hyn? Ai oherwydd ei bod wedi colli ei ffrind pennaf, sef ei thaid, 'chydig flynyddoedd ynghynt? Fedra Sioned ddim rhoi ei bys ar ddim mewn gwirionedd, dim ond bod y sefyllfa mor anarferol ac annisgwyl. Y drws ffrynt cilagored sbardunodd y cyfan o'i hofnau, rhesymodd.

'O rwj-raj!' ebychodd Sioned, 'hen lol ydi hel meddylia.' Felly ceisiodd ffrwyno'i rhai hi – am y tro, o leia.

Yn sydyn, sylwodd ar amlen ar y bwrdd. Roedd ei henw hi'i hun wedi ei sgrifennu arni'n fras ac yn frysiog yn llawysgrifen ei nain. Yn lle'i hagor, rhythodd yn syn ar ei henw.

'Rhyfadd,' meddyliodd Sioned. 'Mond i fi ma hwn.'

Erbyn hyn, roedd golau'r haul yn pylu dan gymylau

duon. Roedd y tywydd yn parhau'n boeth a thrymaidd drybeilig a'r gwres yn fyglyd a llethol, ac yn sydyn, fflachiodd golau mellten tu allan i'r ffenest.

Mi feddyliodd Sioned ei bod hi wedi dychmygu petha, ond tywyllodd yr awyr fwy-fwy, ac erbyn hynny, roedd hi'n amlwg bod 'na storm ar y gorwel.

Aeth i'r cyntedd i weld os oedd Annie-May wedi gwisgo'i chôt cyn mynd allan. Doedd hi ddim. Roedd y dilledyn hwnnw'n dal ar ei fachyn, a bellach, roedd hi'n melltio'n gyson.

Rhuthrodd Sioned at yr amlen ar fwrdd y gegin, a'i rhwygo'n agored hefo'i dwylo crynedig. Cymrodd ei gwynt ati gan ei bod hi wedi dychryn o ddarllen y cynnwys.

'Nain!' sibrydodd mewn ing. 'M-ma'i 'di mynd!'

'Roedd hi'n ymwybodol o'r mellt y tu allan – sef mellt tawel heb d'rannau. Cofiodd yn sydyn be fasa'i nain wedi galw tywydd fel hyn. Mi fasa Annie-May wedi chwerthin a deud bod 'na ddreigia tu allan yn poeri tân: 'Yli, 'mach-i,' 'sa hi 'di ddeud. 'Yli. Ma' hi'n dreigio!'

Yn reddfol, gwisgodd Sioned ei chôt law, stwffiodd y llythyr i boced ei jîns, a mynd allan i chwilio am ei nain.

O'r diwedd, ar ôl siwrnai hamddenol a digon pleserus, cyrhaeddodd Glenda ben ei thaith yn ddiogel. Gyrrodd ei char newydd yn ofalus iawn at ddrws awtomatig ei garej. Agorodd hwnnw ar ei union, fel petai'n ufuddhau i orchymyn mud ei berchennog. Erbyn hynny, roedd hi'n pistyllio bwrw glaw, a hithau'n ewyllysio'i hun i wynebu'i merch benchwiban a'r hen ddraig ei mam. Ochneidiodd.

Rhyw funud neu ddau yn ddiweddarach roedd hi'n sefyll yn lletchwith yng nghyntedd ei thŷ yn clustfeinio oherwydd, er iddi fod wedi galw droeon, doedd 'run o'r ddwy arall wedi ymateb. Teimlodd Glenda ei chydwybod yn ei phigo braidd, a chywilyddiodd ei bod wedi deisyfu cael ei chartref yn gyfan gwbl iddi hi ei hun ar ôl cyrraedd adref.

Erbyn hyn, a hithau o'r diwedd wrth ei hunan ar yr aelwyd gyfarwydd ond anghyffredin o wag honno, cafodd bwl o chwithdod dieithr a oedd yn bygwth ei llethu: un peth oedd cael Sioned yn hwyr yn cyrraedd adref – doedd 'na ddim byd yn anarferol ynglŷn â hynny – ond peth arall oedd diflaniad anesboniadwy ei mam. Fyddai Annie-May byth yn mynd i grwydro gyda'r nos, er ei bod yn noson o haf o hyd ac yn parhau'n olau er gwaetha'r glaw.

Tynnodd ei chôt, ac aeth i'r gegin i nôl gwydraid mawr, moethus, o win gwyn sych o'r oergell. Byddai eistedd yn dawel yn ei sipian yn rhoi cyfle iddi feddwl am y ffordd orau i ddatrys dirgelwch diflaniad ei mam.

Roedd Sioned yn socian. Bu'n cerdded rownd y dre yn chwilio am ei nain ers oes pys. Ond er iddi alw yma ac acw yn nhai rhai o ffrindiau Annie-May, fedrai hi ddim dod o hyd iddi. Wyddai neb beth oedd ei hanes.

Melltithiodd Sioned ei nain mewn eiliad wan am nad oedd gan honno ffôn symudol: roedd hi'n methu dallt sut yn y byd roedd Annie-May – nac unrhyw un arall 'sai'n dwad i hynny – yn medru byw heb un.

Penderfynodd droi i mewn i archfarchnad gyfagos – un oedd ar agor yn hwyr – er mwyn mochal rhag y glaw.

'Haia, Sions!' cyfarchodd rhywun y tu ôl iddi hi.

Trodd hithau i wynebu'i ffrind ysgol oedd newydd ddechrau gweithio shifft hwyr wrth y *till*.

'Chloe!' meddai Sioned, yn falch o'i gweld hi.

'Chwilio am dy nain w'ti?' holodd Chloe, a direidi'n llenwi'i llygaid.

Rodd Sioned yn gegrwth. Sut o'dd hon, o bawb, yn gwbod? A doedd 'na'm pall ar 'i holi hi chwaith:

'Ddoth hi mewn gynna efo'i ffansi-man, a . . . '

'Be?'

'Dwi'n deu'tha chdi, Sions. O'dd dy nain efo *dyn*!'

'Paid a malu ca . . .'

'Onest.'

'Efo ffrind ella, ia – ond do'dd *Nain* 'im *efo* dyn, siŵr. Jest siarad efo fo ella, ia? Pw' o'dd o eniwe?'

'Dim *idea*. Rioed 'di weld o o'r blaen. Dyn smart, cofia.'

'Dyn smart?'

'Ia. Mewn siwt a chrys *posh*.'

'Dim nain fi o'dd efo fo felly.'

'Ia! Deffinet. Dwi'n nabod nain chdi, a nath y dyn brynu potal o *bubbly*. Betia i di bo nhw 'di mynd *off* i rwla i yfad hi, a . . .'

'Fflipin 'ec, Chloe – callia!' taerodd Sioned yn llawn anghredinedd. '*No way* ma' nain fi o'dd hi. 'Di Nain byth yn yfad!' a brasgamodd yn gyflym allan i'r glaw, gan adael ei ffrind yn syllu'n gegrwth ar ei hôl.

Llifodd chwys yn ddafnau oddi ar dalcen Glenda. Rhwng cwsg ac effro mewn hanner hunllef, gwingodd yn ei sedd gyfforddus. Roedd hi'n dal i freuddwydio ei bod hi'n dianc o goedwig laith a oedd yn llawn o gymylau gwybed . . . ac o'i hôl, dychmygai bod 'na ddraig yn ei dilyn. Lle gebyst oedd y ddraig?

'Mam!'

Honna oedd yn galw arni rŵan hyn dybad?

'MAM!'

Clywodd y waedd gyfarwydd, a sylweddolodd fod rhywun wedi taro'r golau 'mlaen. Yna deffrôdd Glenda'n llawn. Roedd hi'n amlwg iddi rŵan ei bod wedi cysgu'n dynn ar ôl yfed dim ond un jochiaid fawr o'i gwin, achos roedd y gweddill ohono fo'n dal yn y gwydr grisial oedd o'i blaen ar y bwrdd coffi.

'Sioned,' meddai, 'lle ti 'di bod?'

'Allan yn chwilio am Nain, 'de. Ma'n *obvious* na *ti*'m yn poeni amdani!'

'Newydd ddwad adra dwi.'

'Be, rŵan? Ma'i *just* yn ddeg!'

'Be? O . . . O, na! Mi 'steddis i am funud bach i feddwl lle o'ddach chi'ch dwy . . . .' Dychrynodd Glenda drwyddi wrth sylweddoli ei bod wedi bod yn cysgu'n rhy hir o lawer. 'Lle ma' dy nain, Sions?' holodd yn bryderus.

'Dwi'm yn gwbod, nachdw! Newydd ddwad i mewn drw' drws dwi.'

Meiriolodd Glenda wrth weld yr olwg druenus oedd ar ei merch. Anwesodd ei boch welw, wleb. Heno, ro'dd hon wedi bod yn fwy cyfrifol na'i mam, meddyliodd. Ar adegau fel hyn, tybiai fod ganddi le i gredu ei bod hi, Glenda, yn fam ac yn ferch esgeulus. Gwingodd wrth i'w chydwybod ei phigo.

'Yli, dos i roi dillad sych . . . A tara dy ben rownd drws llofft dy nain. Nabod honno, fydd hi'n 'i gwely'n chwrnu cysgu.'

Ufuddhaodd Sioned am unwaith. Yn amlwg roedd hi'n poeni gormod am ei nain i ddadlau. Ysgydwodd Glenda ei phen mewn anghredinedd. Oedd ei mam wedi bod allan ta be? Ta wedi breuddwydio roedd hi? Go brin, ne' fasa Sioned ddim wedi mynd allan i gerdded strydoedd mewn glaw trwm. Ochneidiodd mewn penbleth, a mynd drwodd i'r gegin i danio'r tecell.

Ychydig funudau'n unig fuodd Sioned yn y llofftydd. Sgrialodd i lawr i'r gegin at ei mam yn ei dagrau, gan ddatgan nad oedd golwg o'i nain yn unman. Roedd ei stafell wely'n wag. Yn amlwg, doedd Annie-May ddim wedi dwad adra wedi'r cwbl.

Dyna pryd y dechreuodd Glenda sylweddoli bod 'na rywbeth difrifol ar droed. Syllodd ar Sioned fel tasai'n ei gweld am y tro cynta. Nid hon oedd ei phlentyn penchwiban bellach. Gwelodd ryw benderfyniad ac aeddfedrwydd dieithr yn llygaid ei merch.

'Doedd 'na'm golwg o Nain yn nunlla'n dre, Mam,' meddai Sioned wrthi yn ara deg a difrifol, fel tasa hi'n siarad hefo plentyn di-ddallt.

'A welis di monni hi?' Edrychai Glenda'n syn arni.

'Wel naddo. Faint o withia s'isio i mi ddeud?'

'Na . . . Naddo.' Ceisiodd ei mam wneud ei gorau i ddeall be yn union oedd wedi digwydd. 'Nath hi'm gadal pwt o nodyn na dim?'

'O! Do, do, mi adawodd hi nodyn . . .' cofiodd Sioned yn sydyn, a thyrchodd yn ei phoced amdano.

'Be? Lle mae o? Darllan di o i mi!' hanner sgrechiodd Glenda, gan ei bod hithau'n dechra poeni hefyd bellach.

''Ma fo,' meddai Sioned, gan daflu'r belen bapur i'w mam. Darllenodd Glenda'r sgrifen gyfarwydd:

Sioned annwl,

Sori, wedi gorod mynd.

'Drycha ar ôl dy fam!

Cariad mawr,

Nain

xxx

O.N. Ffonia' i pan ga'i amsar.

'Wel dwi'n dallt rŵan pam ti'n poeni,' meddai Glenda'n fyfyriol. '*Ma* rwbath annisgwyl wedi digwydd i Mam mae'n amlwg. Ond ella ma rwbath neis ydi o. Rwbath alla neud byd o les iddi! A'i bod hi 'di cynhyrfu, ac wedi mynd allan yn llawn sbort a sbri . . . O'dd hi'n lecio ca'l dipyn bach o hwyl stalwm, cyn iddi golli Dad.'

'Oedd, dwi'n cofio. O'dd hi'n joio cal hwyl efo'i ffrindia.'

'Ella bod un ohonyn nhw wedi galw. Ddaw hi adra'n munud, gei di weld.'

Edrychodd Sioned yn ansicr ar ei mam; efallai na ddylai fod wedi mynd i chwilio am ei nain o gwbl. Cofleidiodd ei mam hi, ac 'mhen chydig, gofynnodd Sioned yn betrusgar:

'Be o'n i fod i neud?'

Edrychodd Glenda arni'n addfwyn a'i chysuro drwy ddweud, 'Nes di'n well na *fi*. O leia, mi boenis' di amdani hi.'

'*Ti*'m yn poeni, Mam?'

'Ddim eto.'

'Dydy hi byth 'di ffonio, nachdi, a hitha 'di gaddo.'

'Sgynni hi'm ffôn, nagoes. Yli, dwi'n ama bod yr Hen Ddraig yn gwbod yn iawn be ma'i'n neud. Isio llonydd i neud 'i pheth 'i hun ma'i.'

Cododd Glenda ar ei thraed. Unwaith eto, ro'dd hi wedi blino mwya sydyn.

'Ty'd i dy wely, wir,' meddai. 'Yli, ti'n dal yn y dillad glyb 'na.'

Ond cyndyn o fynd oedd Sioned. Roedd hi wirioneddol yn ofidus am sefyllfa ei nain.

'Am aros yn fanna drw' nos w't ti, ta be?' holodd ei mam.

"Dwi'n *poeni*, 'dydw!'

'Wel, dydw i ddim am neud. Ddim eto, medda fi wrtha ti. Ma Mam hen ddigon tebol i edrach ar ôl ei hun bellach, siŵr. Tydi'n galad fel haear' Sbaen.'

'Ella bod hi fel'a ers talwm – ond rŵan, fydd hi byth yn mynd allan. Sgynni'm ffôn, sgynni'm clem . . . a . . . wel, dydy'm yn *exactly* . . . yn wel . . . yn *streetwise*, nachdi!'

'Sioned,' meddai Glenda, 'os tisio aros yn fan'na yn gweitiad am dy nain drw' nos, g'na di hynny. Ond dwi'n mynd i 'ngwely.' A dyna'n union wnaeth hi.

Yn lluddedig, aeth Sioned i roi'r golau ymlaen uwchben drws y ffrynt. Yna, dilynodd ei mam i fyny'r grisiau.

Yn yr oria' mân y dychwelodd Annie-May.

'Ta-ta, cariad!' meddai, gan chwifio'i hances boced i gyfeiriad y dyn tacsi wrth iddo fo yrru ymaith.

Igamogamodd yn simsan wedyn i gyfeiriad tŷ ei merch, a thrwy ddryswch ei meddwl niwlog, diolchodd dan ei gwynt fod rhywun meddylgar wedi gadael y golau ymlaen uwchben drws y ffrynt iddi. Os na fasa ganddi ola go-lew, fasa ganddi ddim gobaith caneri o fedru cael ei goriad i mewn i dwll bach y clo, rhesymodd.

'Twll bach y clo!' canodd Annie-May wrthi'i hun, gan barhau i fwmial canu wrth fustachu hefo'r goriad a'r twll. 'Dewch nawr fechgyn, dewch, dewch, dewch . . . ha-ha-ha!' chwarddodd yn goman a chwil. Llwyddodd yn y diwedd i agor y drws a mynd i mewn, ac wedyn caeodd hwnnw hefo andros o glep swnllyd o'i hôl.

Yna, cerddodd yn simsan ar hyd y cyntedd i'r lolfa. Gwelodd wydr grisial yn dri-chwarter llawn o win ar y bwrdd coffi. Aeth ato a'i godi at ei gwefusau dan chwerthin, yna yn ddiymdroi, rhoddodd glec i'r ddiod gadarn ar ei thalcen, a gwagio'r gwydr. Wedyn tynnodd ei sgidia-sodla-main a'u lluchio'n ddiseremoni ar y llawr. Ac i goroni diwedd ei hantur fawr, gorweddodd yn fflewt fel sachaid o datws ar hyd ac ar draws y soffa rwsut-rwsut. A thrwy gydol hyn i gyd, ro'dd hi'n bloeddio canu:

'O! Na byddai'n haf o hyd,
Rasus mulod rownd y byd.
Haul mawr melyn yn tywynnu
Fo a fi'n y coed yn . . . ca-a-ru!
O na byddai'n ha-a-a-f !
O na byddai'n ha-a-a-f !
Na byddai'n ha-a-a-a-af . . . O HYD!'

Erbyn hyn, roedd y dydd yn dechra dangos ei liwia wrth i doriad gwawr ddynesu. O'r diwedd, roedd Annie-May wedi

30

setlo'n braf ar y soffa ac ar fin chwyrnu cysgu o'i hochr hi, ond yn anffodus, roedd hi wedi gneud cymaint o dwrw nes bod Glenda, ei merch, a Sioned, ei hwyres, mor effro a chywion cogau, a'u cegau hwythau, fel yr adar bach barus hynny, ar agor led y pen – mewn anghredinedd a chwilfrydedd wrth reswm, ac nid o eisiau bwyd. Roedd hi'n amlwg iawn iddyn nhw bod Annie-May, y ddirwestwraig honedig, wedi meddwi'n dwll!

Safodd y ddwy yn stond wrth ddrws y lolfa yn rhythu arni, ac ar draws ei gilydd, dyma'r ddwy yn gweiddi:

'Mam! . . . Nain!'

Ond chlywodd Annie-May mohonyn nhw.

Edrychodd y fam a'r ferch ar ei gilydd.

'O, be 'nawn ni dwad, Sions?' holodd Glenda, mor ddi-'neud a iâr ar y glaw. 'Welis i 'rioed mo Mam fel hyn yn y mywyd,' meddai wedyn, a'r eiliad honno, sylwodd ar ei gwydr gwin gwag hi ei hun ar y bwrdd coffi bach – yn wag! 'Yli!' ebychodd. 'Ma'i'di yfad 'y ngwin i i gyd!'

Er bod Sioned yr un mor syfrdan â'i mam, roedd hi'n llawer mwy ymarferol.

'Wel ma'i'n *obvious* be ma isio i ni 'neud, 'dydy. Ma Nain yn *drunk and disorderly*, felly 'da ni 'i fod i rhoid hi i orwadd yn y *rescue position*. Dos i nôl cwilt i roid drosti, Mam.'

Fuodd Glenda fawr o dro yn gwneud hynny. A hefo'i gilydd, gwnaeth y ddwy eu gorau glas i wneud Annie-May mor gyfforddus a diogel â phosib.

Mae'n rhaid eu bod nhw wedi ei hambygio hi'n ormodol braidd, oherwydd mi ddadebrodd am rywfaint bach –

cyfnod a oedd yn ddigon hir i'r ddwy arall gael mymryn o gyfle i'w holi:

'Mam, lle gythral 'da chi 'di bod?' oedd cwestiwn greddfol Glenda.

'Y. . .?' oedd yr unig ymateb gafodd hi.

'Nain,' sibrydodd Sioned, ''da ni 'di bod yn poeni amdanach chi. Lle fuoch chi mor hir?'

Ar hynna, mi ddeffrôdd Annie-May drwyddi, a gwenu'n glên ar y ddwy arall. 'Adra!' meddai'n fuddugoliaethus. 'O'dd y lojiar 'di'i heglu hi wsnos d'wytha. Felly dwi 'di bod adra ar fy aelwyd i fy hun. Efo Reginald.'

'Hefo *dyn*?' cwestiynodd Glenda. 'Aethoch chi adra i'ch tŷ'ch hun ar eich pen eich hun hefo dyn diarth?'

'Do'dd o'm yn ddiarth, siŵr. Ge's i ffling efo fo rh'w ddeufis cyn i mi br'odi dy dad . . . ddylwn i'm bod wedi twllu aelwyd Glyn a finna efo fo.'

'O! Ooo be 'na'i?!' ebychodd Sioned. 'Dwi 'di cofio 'wbath ddeudodd Chloe . . . bod hi 'di gweld Nain yn siop efo dyn smart mewn siwt ag odd o 'di prynu *champagne* iddi! A 'nes i'm coelio Chloe! O, Mam, be 'sa'r boi 'ma 'di . . .'di . . . ti'n gwbod – wedi rêpio Nain a . . .'

'Ha-ha!' chwarddodd Annie-May. 'Mi driodd bob ffor', a mi rois i swadan iddo fo, a deud 'tho fo am beidio byth a dwad dros riniog Glyn a finna eto. Sglyfath!'

'Dduw mawr!' medda' Glenda. 'Well mi ffonio'r heddlu!'

'S'im isio,' meddai Annie-May yn bendant. 'Dwi 'di'i roi o ar ben ffor'. O'n i ar fai hefyd. Mynd allan i chwilio am wefr nes inna, beryg! Mae o 'di ca'l arddallt rŵan ma Glyn odd y dyn i mi: a'r unig ddyn 'fyd. Ddaw Reginald byth yn 'i ôl i fy mwydro fi eto, yr hen snobyn iddo fo. Meddyliwch:

chaethwn i mo'i alw fo'n Reg – o'dd o'n mynnu mod i'n 'i alw fo'n Reginald – a fynta'n Gymro glân gloyw! Na, Glyn odd y dyn i mi. Mi fydd o a finna'n 'ieuanc yn oes oesoedd' ac wedi'n serio ar fy ngho fi am byth, dalltwch.'

Ac ar hynny, mi dynnodd Annie-May y cwilt dros ei sgwyddau ac aeth yn ôl i gysgu.

Yn y gegin, dros banad yn y bora bach, roedd y fam a'r ferch yn rhoi eu byd yn ei le.

'Sori, 'mach i. O'n i'n hunanol ofnadwy yn dwad a chdi i'r byd gwallgo, llwgwr yma heb fod gen ti dad call yn gefn i chdi.'

'Oeddat,' cytunodd Sioned yn sychlyd. 'Chos dwi'n meddwl bod gan bawb hawl i ga'l tad – a mam hefyd. Ond eniwê, mi ge's i daid . . . a nain, 'do.'

'Do. Dio'ch byth am Mam a Dad,' ochneidiodd Glenda. 'Mi rodd ganddyn nhw briodas hapus iawn, a dim ond ers i Glyn farw ma Annie-May wedi mynd yn hen ddraig. O leia ges di wbod be odd taid anhygoel. A gweld sut odd priodas dda yn medru para oes, er . . . dyna odd fy nghamgymeriad inna ella.'

'Be?' holodd Sioned yn llawn chwilfrydedd, achos fyddai ei mam byth yn sôn am ei pherthynas hefo ei thad hi'i hun, sef cyn-ŵr Glenda.

'O'n i'n meddwl bod pob dyn mor ffeind a styrlon â nhad i,' rhesymodd ei mam.

'Be ddigwyddodd i nhad i, ta?' Mentrodd Sioned ofyn y cwestiwn roedd hi wedi bod eisiau ei ofyn ers talwm, ond ddim yn meiddio gwneud.

33

'O, run hen stori: priodi'n rhy ifanc, mopio hefo'n gilydd, yn lle caru'n gall. Dwi'n meddwl 'i fod o wedi sylweddoli hynny'n fuan iawn ar ôl i ni briodi. Wedyn, mi a'th o. I chwilio am 'i wefr nesa. Dodd 'na'm troi arno fo. Do'n inna'm isio'i weld o byth wedyn.'

'Naethoch chi'm trio siarad a datrys petha? Dyna fydd Nain yn ddeud sisio neud.'

'Fedrwn i ddim siarad efo dy dad, sdi. Cariadon gwyllt oddan ni, dim ffrindia da. Doeddan ni ddim yn dwad o'r un cefndir, ddim wedi cael 'n magu run ffor'. Dyn oeraidd odd 'i dad o. Gafodd dy dad 'i ddysgu i beidio dangos 'i deimlada, cradur.'

'Gin ti biti drosto fo, Mam?'

'Oes, ella, erbyn hyn, ond dw i ddim yn hiraethu ar 'i ôl o.'

'Ddywedodd run o'r ddwy ddim byd am rai munudau gan eu bod nhw'n dwysfyfyrio dros bopeth oedd wedi digwydd. O leia, roedd Sioned wedi deall sefyllfa Annie-May:

'Dyna sy matar ar Nain, 'te,' meddai. 'Hira'th am Taid sgynni . . . Fatha ni'n dwy.'

'Ia ma siŵr 'ti, Sions.' Cofleidiodd Glenda ei merch. 'A rŵan dwi'n dechra dallt ma isio mynd adra i'w thŷ bach 'i hun ma'r Hen Ddraig. Ma'i angan bod yno efo'i hatgofion. Achos fanno ma Glyn, iddi hi.'

Aeth Glenda'n ôl i'w gwely am awran neu ddwy o gwsg, ond doedd Sioned ddim eisio colli gweld drama'r toriad gwawr godidog oedd yn ymddangos a datblygu'n raddol o'i blaen wrth iddi eistedd mewn tawelwch effro ar y patio yn yr ardd gefn yn ei gwylio. Roedd crib yr haul yn ymddangos tu ôl i'r bryn wrth gefn y tŷ. Fel buddugoliaeth ar ôl storm, meddyliodd Sioned. Gwyliodd ryferthwy ei ddisgleirdeb crwn perffaith yn araf godi ac esgyn i'r awyr. Tasgodd ei oleuni cynnes dros gwrlid disglair gwlith y lawnt, nes bod myrdd o berlau symudliw yn dawnsio a wincio o'i blaen.

A gwenodd Sioned wrth feddwl am gyflwr ei nain yr eiliad honno, a'r ffrae gafodd hi ei hun ganddi am iddi 'yfad dan oed.'

'I be dwi isio yfad *'alcoholic pops'* pan fedra i feddwi ar hyn?' meddyliodd, wrth werthfawrogi'r byd a'i cofleidiai.

ANNES GLYNN

Chwythu'n Boeth ac Oer

Yn hŷn na'r anadl gyntaf erioed, bu'n teimlo ei hun yn gwegian ers tro. Y seiliau'n simsanu, y cydbwysedd fu'n ei gynnal yn dadfeilio, ac o dan ei gramen y gwres yn cynyddu, damaid wrth damaid, fel ffrwtian pair. Dal i'w drin mor ddifeddwl ag erioed y mae'r rhai a'i meddiannodd gan ddal i ymlid y freuddwyd o haf parhaol, waeth beth fo'r canlyniadau. Ond mae pris i'w dalu ...

Diwedd y byd. A hwnnw'n gyfuniad sobreiddiol o ddechrau a diwedd ar yr un pryd. Awyr a daear yn un. Yn toddi i'w gilydd. Y cyfan yn nofio o'i blaen, am a welai, yn un llif tawel. A'r tawelwch dyfrllyd yn codi croen gŵydd arni mewn modd na allai unrhyw lifeiriant swnllyd fyth.

'Dan!'

Ond byddai ei glustiau'n llawn synau newyddion bore gwaith arall, y clustffonau bach a fwydai ei awydd dihysbydd am wybodaeth yn rhagfur hefyd rhyngddo a . . . Beth?

Ochneidiodd ac edrych allan unwaith eto ar yr olygfa. Er i'r proffwydi tywydd awgrymu'n gryf y gallai hyn ddigwydd, eto i gyd, pan agorodd hi'r llenni gynnau, allai hi ddim peidio â rhwystro'r 'O!' plentynnaidd rhag ffoi rhwng ei gwefusau syn. Y cof am ynys ei magwraeth yn cronni'n ddagrau annisgwyl yng nghefn ei gwddw mwyaf sydyn.

Ac nid hynny'n unig a glwyfai ei llygaid. Pwy feddyliai y gallai edrych ar ddŵr-golchi-llestri-budur o afon a amgylchynai'r fflatiau a'r tai o'i chwmpas fod mor boenus â syllu ar eira heb ei gyffwrdd, yn sgleinio'n ddidostur yn yr haul?

Rhythodd mewn syndod ar hanner uchaf 4 x 4 yn ymwthio allan o'r dŵr fel cefn bwaog llamhidydd; morloi o finiau plastig duon yn arnofio, yn swalpio yn y llif. Swalpio . . . Gallai glywed sŵn slwtshlyd y mwd dan wadnau ei hesgidiau glaw wrth iddi groesi buarth fferm ei nain a'i thaid, mwsog ar lan nant y Llwyn yn felfed llaith rhwng ei bysedd, haul yr hafau hirion yn frath chwerwfelys ar ei gwegil . . .

'Beth uffach?'

Rhythodd Dan mewn panig ar amser, yn ormes trwm ar ei arddwrn. Dechrau pwyo botymau ei ffôn bach fel pe bai'n trio agor sêff llawn trysorau.

'Ti ddim yn bwriadu mynd i mewn i'r gwaith bore 'ma? Fedri di ddim . . .'

Ysgubodd ei sylwadau hi ymaith fel pe bai'n hel briwsion oddi ar labed siaced ei siwt ddrud. Tynnu ei fysedd drwy ei wallt gwinau cwta, ffasiynol.

'Hi. Dan Jenkins here. 'Fraid I'm going to be a bit later than usual. Could you ask Natalie to hold the fort?...Yeah, yeah . . . Who'd have thought it? A bloody flood – in Chiswick!'

'A sut goblyn ti'n meddwl cyrra'dd dy swyddfa? Ffonio Noa?'

'Ha-blydi-ha. Nid un o dy jôcs gore di 'rioed, Branwen.'

'Ti'n y nghlywad i'n chwerthin? Nefi wen, Dan, wneith sylfeini'r lle 'na ddim sigo am nad ydi Daniel S. Jenkins, *Management Accountant Extraordinaire*, wrth ei ddesg am naw-ar-y-dot heddiw. Mae 'na betha llawer rheitiach i boeni amdanyn nhw.'

'Digon hawdd i ti ddeud 'na. S'mots ble yn y byd wyt ti'n gweitho, cyn belled â bod 'da ti dechnoleg sylfaenol ar dy lin. Gallet ti gyfieithu dogfenne i'r Gwmrâg o'r Sahara 'se ti moyn.'

A hithau â gwallt cringoch, a chroen a losgai ar ddim, hyd yn oed yn haul anwadal y wlad hon? Ond pa iws gwastraffu egni'n dilyn trywydd dadl mor hurt?

'Doeddwn i ddim yn meddwl cymaint am waith, Dan. Mwy am sut 'dan ni'n mynd i ddod i ben â hi yng nghanol y dŵr 'ma. Pa mor saff ydan ni.'

'Clyw, ar y trydydd llawr mae'r fflat felly dyw dŵr ddim yn debygol o ddod miwn, yw e? Ma' da ni drydan. Digon o fwyd yn y ffrij a'r rhewgell. Be' mwy ŷn ni moyn?'

Y tamaid lleiaf o gydymdeimlad, jochiad bach o gonsýrn am ei lles? Cynnig i aros adref efo hi? – 'Paid poeni, Bran, bydd popeth yn iawn. Edrycha i ar dy ôl di.' Fe fuasai hynny'n lliniaru fymryn ar sioc y bore, un â'i gorwel ar sgiw, a Fenis wedi colli'i ffordd a phenderfynu dargyfeirio i

38

gyrion Llundain. Fel y gloÿnnod byw hynny y darllenodd amdanyn nhw'n ddiweddar, y rhai wnaeth fudo milltiroedd maith o'u hardal fagu arferol oherwydd bod y tywydd yn oerach yno nag arfer yr adeg arbennig honno o'r flwyddyn.

'Ble mae'r Hunters 'na? Rheiny wnes i eu prynu er mwyn mynd ar y daith bysgota 'da dy ewyrth llyne'?'

'Yng nghefn y wardrob yn y stafell sbâr. Sut ar y ddaear . . .?'

'Ddo'i o hyd i ffordd, paid â phoeni gwd gél. Fydda i wedi danto os arhosa i 'ma drwy'r dydd. Ffonia i di.'

A chyda hynny, wedi taro cusan ffwrdd-â-hi ar ei grudd, roedd o wedi'i throi hi am allan yn ei gôt Barbour a'i esgidiau glaw drudfawr, a'i friffces fel angor yn ei law.

Mewn rhyw ffordd ryfedd, roedd clywed clep y drws yn rhyddhad. Roedd cadw egni Dan dan glo fel trio cadw caead ar ben sosban a ferwai'n ffyrnig. A doedd ganddi ddim awydd pigo crachen briw, y ffaith nad oedd y cyfle i dreulio diwrnod adre efo'i wraig yn fwy apelgar na mynd i'w waith iddo. Pe baen nhw'n bâr priod ers oes yr arth a'r blaidd, efallai y gallai ddeall hynny. Ond ar ôl blwyddyn a hanner yn unig er dathlu'r 'haul ar fodrwy'?

Yn eironig ddigon, yng nghanol yr holl ddŵr, teimlai ei cheg yn sych grimp a sylweddolodd Branwen nad oedd hi wedi cael paned eto. Doedd ganddi ddim stumog nac awydd i lenwi'r peiriant coffi. Estynnodd am fag te a gosod tafell go drwchus o fara yn y tostiwr. Disgwyliodd i'r te fwydo ac i'r tostiwr grasu'r bara yn union fel yr hoffai, rhyw eiliad neu ddwy yn brin o losgi'n golsyn.

Trodd y teledu ymlaen, fflicio drwy'r sianeli cyn glanio ar newyddion Sky a chael ei 'sgytio am yr eildro'r bore

hwnnw pan welodd luniau o Aberystwyth, y tonnau'n
lluwchio uwchben toeau'r tai a'r gwestai ar y prom, a
hwnnw'n garped trwchus o raean. Nid fod y lluniau
rheiny'n gwbl ddiarth, gan fod sianeli newyddion y
rhwydwaith wedi bod yn dangos rhai tebyg o'r dref yn
rheolaidd yn ystod y bythefnos ddiwethaf. Na, yr hyn a
aeth at ei chalon oedd gweld yr hen loches eiconig wedi'i
wthio ymlaen i gyfeiriad y môr ac yn cwmanu yno ar
ddibyn y rhodfa fel hen ŵr diymgeledd wedi cael strôc.

Pwysodd y botwm sain a theimlo ei llygaid yn llenwi
unwaith eto'r bore hwnnw o glywed fod y 'bar' enwog ym
mhen draw'r prom wedi'i ddifrodi gan y storm ddiweddaraf
hefyd. Tarodd hynny hi fel dwrn yn ei stumog. Darn o'i
gorffennol wedi'i chwalu gan rym y môr. Pen draw sawl
taith obeithiol wedi'i hyrddio i ebargofiant.

Er nad oedd hi erioed wedi ystyried bwrw gwreiddiau
parhaol yn Aber, eto i gyd bu ei blynyddoedd yno yn y coleg
yn rhai a gofiai â gwên. Yno y daeth i oed, dysgu mentro
oddi allan i ambell rigol gorgyfforddus, magu hyder, tra bod
y dref a'i thonnau'n rhythm cyfarwydd yn y cefndir, yn
gysur cyson. Ond, heddiw, dyma nhw'n poeri eu cynddaredd
yn wynebau diamddiffyn y neuaddau preswyl, yn edliw'r
hafau a fu.

Syllodd, drwy ei dagrau, ar wyneb ei ffôn bach a
sylweddoli'n sydyn ar y rhif cyfarwydd a fflachiai yno. Yng
nghanol y cynnwrf i gyd roedd hi wedi anghofio ei
ddadfudo.

'Mam!'

Cliriodd ei gwddw gan esgus fod rhywbeth yn cosi'i
llwnc.

'Newydd glywad ar y radio eich bod chi dan ddŵr 'cw.
Dach chi'n iawn eich dau?'

'Ydan, tad. Dan yn methu byw yn 'i groen wrth gwrs!
Ond wneith hi ddim drwg iddo fo fod yn llonydd am dipyn.'

'Mae o'n dal i weithio oria hir 'lly?'

'Ti'n gwbod fel mae hi . . . Sud mae petha acw?'

'Y cae gwaelod dan fwy o ddŵr nag ydan ni wedi'i weld
ers tro byd. Ond fedran ni ddim cwyno. Mae meddwl am y
craduriaid 'na yng Ngwlad yr Ha' yn torri calon rhywun.
Maen nhw'n deud y cymerith hi fisoedd, os nad
blynyddoedd, i gael trefn ar y cnyda a'r borfa yno. Dwn i
ddim sud nad ydyn nhw'n colli arni, wir.'

'Na . . .'

A hithau'n syllu drwy ffenest y gegin, gwelai ei gŵr yn
cael ei gludo mewn cwch rwber oren, cragen ei ffôn yn dynn
wrth ei glust, a hen wraig, ei baglau a'i chi'n gwmni iddo.
Llithrent fel breuddwyd ar draws cwarel dwbl y ffenest.
Gwefusau Dan yn symud yn ddi-baid. Yr hen wraig yn
eistedd yn syfrdan, yn mwytho pen y ci. Teimlai fel pe bai'n
gwylio ffilm ddi-sain, araf. Hithau'n craffu ar y gwefusau
prysur, yn trio gwneud synnwyr o'r geiriau, ac yn methu.

'Branwen?'

Ar ôl lleddfu pryderon ei mam, aeth ati i drio dechrau
rhoi trefn ar ei diwrnod, tanio ei chyfrifiadur, darllen yr
e-byst a ddaethai i mewn dros nos. Ond, â thawelwch-bore-
Nadolig yn ei hamgylchynu, fe'i câi'n anodd canolbwyntio;
hi oedd fel arfer yn ddigon hapus gyda'i chwmni ei hun.
Prowlai, fel anifail caeth mewn sw, o gwmpas y fflat: o
ystafell fyw, i ystafell wely i'r tŷ bach, yn ôl i'r gegin lle safai
mwg o de llugoer ar y cownter yn magu croen.

Latte llefrith llawn a *croissant* cynnes fuasai'n dda rŵan. Gwenodd wrth ddwyn i gof sawl brecwast cyflym yn amrywiol fwytai'r Bae yn ystod ei chyfnod yn gyfieithydd yn y Cynulliad. Cysylltai'r blas ag wythnosau cynnar ei charwriaeth â Dan. Y ddau'n gyndyn o adael y gwely cynnes, yn rhuthro allan ar y munud diwethaf un, ond gan wneud yn siŵr fod digon o funudau'n sbâr hefyd i fwynhau coffi a thamaid bach melys i'w fwyta yng nghwmni ei gilydd cyn i'r naill ei throi hi am y Senedd a'r llall i swyddfa'r cyfrifwyr i lawr y ffordd.

Gweithio ym maes Cyfrifeg Rheoli fu nod Dan erioed. Dringodd yn gyflym i fyny'r ysgol yng Nghaerdydd ac ers blwyddyn roedd yn uwch-gyfrifydd rheoli i gwmni blaen-llaw yma yn Llundain. Testun balchder i'w fancer o dad uchelgeisiol. A'r ffaith fod cefnder cefnog iddo'n fodlon rhentu'r fflat yma am bris rhesymol i Dan a'i wraig newydd yn Chiswick yn eisin melys ar y gacen deuluol. Ond am ryw reswm, ni allai Branwen gael gwared ar y mymryn lleiaf o flas chwerw a lynai yng nghefn ei gwddw o bryd i'w gilydd, pan feddyliai am y peth mewn gwaed oer. Prin iawn oedd y cyfleoedd am sgwrs gall, heb sôn am goffi ar y cyd, y boreau hyn.

Trodd ei sylw'n ôl at ei chyfrifiadur ac at ddiogelwch iaith swyddogol dogfennau corfforaethol. Cymaint saffach na chystrawen a throeon ymadrodd cymhleth, anwadal y galon.

Wrthi'n ymlafnio gyda 'chynlluniau cynaliadwy' a 'chyfraddau cyfranogiad' yr oedd hi pan ganodd cloch y drws. Sŵn dieithr, ac un na wnaeth ei adnabod yn syth. Erbyn iddi gyrraedd y trothwy, roedd y sawl a wasgodd y botwm wedi rhoi'r gorau iddi ar ôl yr ail gynnig, ac ar fin camu'n ôl i mewn i'r fflat ddau ddrws i lawr.

'Sorry! I was miles away. Can I help you?'

'That's all right. Just thought I'd see if anyone needed any help. And I'm feeling a bit stir crazy to be honest.'

Roedd gan y gŵr canol oed hŷn a'r gwallt brith wyneb agored a llygaid clên. Ac awgrym o flas Meirionnydd ar ei acen. Mentrodd:

'Cymro 'dach chi?'

Syllodd yn syn arni am eiliad â'i ben fymryn ar ogwydd, yn union fel pe bai'n clustfeinio ar gân aderyn cyfarwydd mewn llecyn cwbl annisgwyl.

'Wel, pwy fase'n meddwl?'

A throdd yn ei ôl, gan estyn ei law allan i'w chyfarch yn gynnes.

'Tyden ni fel dau adyn wedi cael eu gadel ar y *Mary Celeste*, deudwch?' meddai wedyn. 'Does 'ne ddim smic i'w glywed o unman yn y lle 'ma. Mae 'na fwy o fywyd ar stryd fawr Dolgelle ar fore Sul yn nhwll gaea' myn diain i.'

Dros baned ffres, datgelodd mai Prys oedd ei enw, mai cyfreithiwr newydd ymddeol ydoedd, a'i fod i lawr yn Llundain am ychydig ddyddiau i 'wneud tamed o waith ymchwil.' Edrychai braidd yn swil wrth rannu'r wybodaeth olaf hon, ac oedodd Branwen am eiliad rhag gwneud yr hyn oedd yn reddfol a'i holi beth yn union oedd testun yr 'ymchwil' hwnnw.

'Y peth ydi, dwi 'di penderfynu rhoi cynnig ar sgrifennu nofel,' meddai cyn iddi gael y cyfle, ei ruddiau'n cochi'r tamaid lleiaf a golwg o ryddhad yn meddalu onglau difyr ei wyneb, fel pe bai newydd gyfaddef ei fod yn dioddef o ddibyniaeth o'r math gwaethaf.

'Mae o'n rhywbeth y bues i'n meddwl amdano ers blynyddoedd, ond gan mai dim ond dau ohonon ni oedd yn y practis, a thri o blant gen i, does 'na fawr o gyfle 'di bod. Er, mi fentres i ar un o'r cyrsie sgwennu 'na unwaith, ond o'n i'n teimlo braidd fel llong ar dir sych yn y fan honno.'

Gwenodd y ddau oherwydd ei ddewis o eiriau. Yntau'n difrifoli wedyn.

'Ond mi golles i ffrind da'r llynedd, dydw inne'n mynd ddim iau, a dyma benderfynu mynd amdani i'r diawl cyn i'r meddwl 'ma fynd i gysgu am y gaea'n barhaol! Mae hi mor hawdd peidio, yn dydi? Meddwl mai dewis o un llwybyr yn unig sydd gan rywun mewn bywyd.'

Nofel hanesyddol oedd ganddo dan sylw. Un wedi'i seilio'n rhannol ar hanes un o'i hynafiaid a fudodd i Lundain a sefydlu busnes llewyrchus yn y brifddinas cyn mentro ar draws Môr Iwerydd wedyn, yr awydd i anturio ac i grwydro wedi gafael ynddo'n o sownd erbyn hynny – 'nes bod strydoedd Efrog Newydd yn anwylach ac yn fwy cyfarwydd iddo na llwybre Llanfachreth, siŵr.'

Esboniodd Prys sut y bu'n ddigon lwcus i gael aros yn y fflat, un yn perthyn i ffrind i ffrind iddo oedd yn gyd-aelod o Gymdeithas y Gyfraith. 'A dyma fi, ddeuddydd ar ôl glanio yn ninas y palmentydd aur, fel rhyw arth wen yn prowla ar dalp bychan o rew yng nghanol yr Arctig!'

Nid oedd Branwen wedi trafferthu diffodd y teledu, dim ond y sain, gan adael i'r sianel newyddion odro pob stori a stribedai'n benawdau mud ar draws gwaelod y sgrîn ar yr awr, bob chwarter awr, heb iddi orfod dioddef yr ailadrodd.

Ond denwyd sylw Prys at un eitem neilltuol mwyaf sydyn.

'Traeth Tywyn 'di hwnne?'

Ac yn wir dyna lle roedd un o ohebwyr Cymru'n sgwrsio gyda swyddog cadwraeth, a'r tu cefn iddyn nhw ysgerbwd hen long a'i hasennau'n amlwg ar wyneb y tywod; y swyddog yn esbonio mai nerth anarferol y môr a'r llanwau uchel fu'n gyfrifol am ddatgelu'r gweddillion. Symudodd y stori ymlaen wedyn i olygfa ar draeth Ynys-las lle ymwthiai bonion coedwig hynafol drwy'r graean bras, a'r rheiny'n edrych yn union fel stympiau dannedd wedi hen, hen bydru.

'Sôn am sgerbyde mewn cypyrdde!' hanner gwenodd Prys.

Ebychu'n uchel wedyn o weld y Gweinidog dros yr Amgylchedd, yn gwisgo pâr o Hunters gwyrdd, mor ddifrycheulyd â rhai Dan, yn cerdded drwy'r dŵr yng Ngwlad yr Haf, yn dal i wadu'n ddu las nad cynhesu byd-eang oedd yn gyfrifol am y glaw di-baid a'r llifogydd a oedd bellach yn bygwth y Brifddinas.

Pan ymddangosodd Cameron a Miliband yn ddiwedd-arach, y naill a'r llall yn troedio'n fursennaidd drwy ddŵr heb fod nepell oddi wrthynt, mewn esgidiau a chotiau glaw newydd eu tynnu o'u bocsys ac oddi ar reiliau siopau dillad drudfawr, penderfynodd Prys mai digon oedd digon a phwysodd y botwm diffodd.

Ymddiheuro'n llaes wedyn.

'Mae'n ddrwg gen i Branwen! Ro'n i di anghofio'n llwyr lle o'n i am funud. Mae Ceri'r wraig yn blino deud wrtha'i am bwyllo, rŵan 'mod i'n tynnu at fy chwedege. Ond, Dduw mawr, mae'r gwleidyddion 'ma'n codi pwysedd gwaed rhywun i'r entrychion! Mi fase plentyn ysgol gynradd yn medru dweud 'thon nhw fod yr hen fyd 'ma'n gorgnesu a bod gofyn inni ddeffro i'r peryg.'

'Beth mae Ceri'n feddwl o'ch menter newydd chi?'

'Mae hi wastad 'di bod yn graig o gefnogeth, chware teg. Dynes gyfforddus yn 'i chroen 'i hun, yn hapus i ddilyn ei diddordebe ei hun ... Ond be' amdanoch chi? Dwi 'di gneud dim ond parablu amdana'i a 'nheulu ers pan ddois i drwy'r drws. Ers faint dech chi eich dau 'di mudo?'

Dros ginio anarferol o hamddenol, oherwydd bod ganddi gwmni, a gwydraid o Valpollicella yn gymar addas i'r *pizza* a'r salad gwyrdd a baratôdd, bu'n rhannu peth o'i hanes hi a Dan, gan ofalu rhoi sglein storïwr ar y dweud, er ei lles ei hun llawn gymaint ag eiddo ei chwmni annisgwyl. A chanfu fod Prys yn wrandawr cystal ag ydoedd o *raconteur*. Teimlai hithau ei hun yn ymlacio ac yn cynhesu i'r dasg, fel planhigyn yn troi ei ben yn reddfol i gyfeiriad yr haul.

'Dech chi ddim yn colli cwmnïeth swyddfa felly?'

Stopiodd y cwestiwn hi'n stond. Gan nad oedd y dewis hwnnw'n un ymarferol i bob pwrpas, roedd hi wedi bwrw ymlaen ar hyd y llwybr liwt-ei-hun yn ddigwestiwn.

Synnodd ei hun ymhellach gyda'i hateb diymdroi: 'Mae'n siŵr fy mod i, erbyn meddwl. Mi fasa'n braf medru holi barn rhywun arall, cymharu nodiada, cyfnewid syniada, er bod modd gwneud hynny ar-lein wrth gwrs. Ond dydi o ddim cweit 'run fath rywsut.'

A'i llwnc yn cau gan ddagrau unwaith eto.

'Beth am inni fentro allan i'r byd mawr?'

Er ei bod yn gwybod mai trio symud ei meddwl yr oedd o'n fwy na dim arall, ac y byddai clywed Dan yn awgrymu'r un math o beth wedi peri iddi ei gyhuddo'n syth o fod yn nawddoglyd, nodiodd ei phen a dilyn Prys i gyfeiriad y drws. Ond nid heb wneud yn siŵr ei bod yn cloi o'i hôl. Llifogydd ai peidio, yn Llundain yr oedden nhw o hyd wedi'r cwbl.

Synnu, wedi dod allan o'r lifft ar y llawr gwaelod, o weld criw o'r preswylwyr fel twr cymysg o adar, yn ditws, drudwy ac ambell gnocell brysur, yn gwneud amrywiol drefniadau, yn holi am drafnidiaeth i'w cludo i gasglu nwyddau hanfodol i'w cymdogion, yn trefnu rotas, yn 'morol am rai mwy musgrell na'i gilydd.

'Oh! Hi! Which floor are you on?'

Hithau'n torri gair am y tro cyntaf erioed ers iddi gyrraedd y ddinas ag ambell un, yn cyfnewid gwybodaeth, a Prys fel rhyw *maître d'* hwyliog yn eu canol, yn union fel pe bai'n byw yno erioed.

'Wel, pwy fasa'n meddwl?'

'Does 'ne ddim byd tebyg i greisys i dynnu pobol allan o'u gwâl ac at 'i gilydd, nac oes?'

Dychwelodd y naill a'r llall i'w 'wâl' ei hun ymhen dipyn, Prys i hwylio'r We am ffeithiau allai fod o gymorth iddo gyda'i nofel a hithau at y ddogfen sych a oedd ar ei hanner. Synnodd pa mor gyflym y llwyddodd i ddod i ben â hi ar ôl y diflastod cynharach, a phan ffoniodd Dan tua diwedd y prynhawn i ddweud ei fod ar ei ffordd adref, synnai yntau fod ei wraig mewn hwyliau cystal, a hithau wedi bod 'dan warchae' am y rhan fwyaf o'r dydd.

'Mi wnaeth hi ddiwrnod go wahanol i'r arfer, mae hynny'n saff,' meddai. 'Gei di'r hanas wedyn.' Ac mae

47

ambell warchae sy'n medru bod yn brofiad digon adeiladol, synfyfyriodd ar ôl diffodd y ffôn.

Fel pe na bai hi wedi cael digon o syrpreisys am un diwrnod, cyrhaeddodd Dan adre mewn dingi'n perthyn i ficer lleol, o bawb. Ac yn ei gôl, danteithion yn ogystal â'i friffces.

'Meddwl y byddet ti'n gwerthfawrogi cael peidio paratoi pryd bwyd heno. Ddrwg 'da fi am bore 'ma. Wy'n ffaelu delio 'da newid i'r rwtîn arferol, fel ti'n gwbod. Ac roedd y contract 'na'n pwyso ar f'anal i braidd.'

'Ond mi ddoist ti i ben â hi. Fel arfar. Gei di ymlacio dipyn rŵan.'

Ac aeth ati i sôn am ei hymwelydd annisgwyl yn gynharach yn y dydd, a'r ffaith ei bod hi wedi estyn gwahoddiad iddo i rannu swper efo nhw heno, gan nad oedd ganddo fawr ddim yn ei gwpwrdd bwyd, dan yr amgylchiadau.

Er ei bod yn amlwg nad oedd Dan wedi gwirioni â'r syniad, treuliodd y tri ddwyawr hwyliog yng nghwmni ei gilydd yn ddiweddarach, a Branwen yn gorfod cydnabod ei bod hi'n falch fod Prys yno yn ganolbwynt sylw a sgwrs, yn bont ddiogel rhwng eu dwylan.

Gwyddai fod Dan yn ystyried arallgyfeirio Prys i fyd y celfyddydau'n gam gwag, ond oherwydd y gwin a'r bwyd amheuthun roedd yn ddigon parod i ddal ei dafod heno ac i wenu'n enigmatig yn wyneb athroniaeth bywyd ecsentrig y cyn-gyfreithiwr. Felly yr ystyriai ef bethau. Dyna'r hyn a welai Branwen yn ei lygaid ac yn ei osgo, beth bynnag. Os sylwodd Prys, roedd ei ysgwyddau bellach yn hen ddigon llydan i beidio â chymryd ei bechu. Y ffarwelio rhyngddynt

yn gynnes wrth iddo droi'n ôl am fflat ei ffrind ar ddiwedd
y pryd ac yntau'n addo dychwelyd am bwt o frecwast yn y
bore, cyn mentro dod o hyd i ddull o drafnidiaeth a'i cludai
i ganol y ddinas.

A hithau a Dan yn sipian port bach bob un yn
ddiweddarach, ac yn syllu ar fflamau 'byw' y tân nwy yn
olau cyson, rheolaidd yn y grât, magodd Branwen y plwc i
ddweud yr hyn a fu ar ei meddwl ers canol y prynhawn:

'Dan – dwi 'di bod yn meddwl. Munud y bydd y dŵr 'ma
'di cilio, a bod modd imi drafaelio, dwi awydd mynd adra i
Fôn am 'chydig o ddyddia. Teimlo 'mod i angan clirio 'mhen.
Cael fy 'ffics' o fôr a thraeth a chip ar Eryri . . . Dwi'm yn
cofio pryd fûm i draw yno ddwaetha.'

'Ie, ie . . . wrth gwrs. Beth bynnag ti moyn. Wnele'r newid
les i ti.'

'Dwi jesd yn teimlo, dwn i'm . . . dydi petha ddim wedi
bod yn rhy wych yn ddiweddar, nacdyn?'

'Nag ŷn, sbo. Falle bod bai arna inne 'fyd. Wy'n gwbod
'mod i'n gallu bod yn hen fastad hunanol weithie. Ond os
dwi am lwyddo yn y gwaith . . . Paid becso, Bran, 'wy'n siŵr
y dewn ni drwyddi.'

A syllodd arni'n fanylach nag a wnaeth ers dyddiau
lawer, byseddu'r tonnau cringoch a fframiai ei hwyneb,
cusanu'r cysgodion o dan ei llygaid, amlinellu tro ei
gwefusau. Estyn amdani fel yr arferai wneud yn y dyddiau
cynnar.

'Gwely?' A mwy nag un cwestiwn yn hofran rhwng
cynfasau a chlustogau'r deusill llwythog. Roedd sawl
cwestiwn na allai hi eu hateb y funud honno, ac na fynnai
feddwl amdanynt chwaith, dim ond ymroi i'r eiliadau hyn,

y rŵan hyn, yn unig. Deuai cyfle eto i ystyried yn rhesymol ac yn llawnach, wrth grwydro llwybrau cyfarwydd ei bro enedigol.

Y noson honno, yn ddiarwybod i'r rhan fwyaf a gysgai yn eu gwelyau ac o dan y sêr, parhâi talpiau o rew i hollti a gwegian a phlymio i'r heli, mynnai llif amrywiol ddyfroedd ddal i symud i gyfeiriadau newydd gan drawsnewid siâp eu glannau ac erydu'r tir; llaciai gwreiddiau eu gafael.

Ymhen ychydig ddyddiau byddai bonion hen goed derw ac ynn yn gorwedd fel celanedd o'r cynfyd hyd gaeau a llwybrau, tra llyfai'r dŵr fwâu'r pontydd mewn tref a phentref. Syrthiai clapiau o glogwyni gwynion yn siwrwd i'r môr.

Yn y brifddinas, sleifiodd llwynog mwy hirben na nifer o'i gymheiriaid o'i ffau newydd ar dir uwch i synhwyro'r awyr. Yn llechu o dan y gybolfa o arogleuon arferol roedd awgrym o sawr gwahanol. Oedd, roedd newid diamheuol yn y gwynt.

ALED ISLWYN

Tatŵ y Mab yng Nghyfraith

DIWRNOD UN: *Ei weld*

Sioc? Oedd, yn sicr. Siom? Efallai. Wrth orwedd yn ôl ar ei
gwely haul a dyrchafu ei llygaid fry tua'r wybren las,
gwrthodai Heulwen gydnabod y gair hwnnw'n agored iddi'i
hun. Ond yn ei chalon, gwyddai mai dyna oedd newydd ei
tharo.

Bu'n hoff iawn o Gwryd byth ers iddi ei gwrdd am y tro
cyntaf gwta dair blynedd ynghynt. Yn Tesco, diwedd rhyw
brynhawn, oedd hi. Y lle dan ei sang am ei bod hi'n hwyr
glas ar bawb i fachu rhywbeth i'w swper ar y ffordd adre o'u
gwaith. Hi a Glesni wedi digwydd dod ar draws ei gilydd
ynghanol y rhuthr – a'r ferch wedi gorfod cyflwyno'i 'ffrind'
i'w mam yn annisgwyl, ar adeg, ac o dan amgylchiadau, na
fu modd iddi eu rhagweld na'u rheoli.

Cofiai Heulwen fel roedd hi wedi teimlo trosti ar y pryd,
am fod yna elfen o letchwithdod yn anorfod gyda
chyflwyniad o'r fath. Nid fod Heulwen erioed wedi ystyried

51

ei hun yn ddraig o fam yng nghyfraith. Ddim o bell ffordd. Toedd y ffaith fod y pedwar ohonynt yno ar wyliau efo'i gilydd yn profi mor dda' roedden nhw i gyd yn cyd-dynnu . . . tan rŵan?

Cymerodd at yr hogyn o'r cychwyn. Roedd o'n olygus, yn gwrtais, yn hwyliog, yn ystyrlon ac yn dda am dalu tendans i'w rieni yng nghyfraith, yn ogystal â'i wraig. I goroni'r cyfan, fel cyw twrnai, roedd ganddo'r modd i fod yn hael. Beth mwy allai hi ei ddeisyfu mewn cymar i'w merch?

Nid tatŵ! – clywai'r ateb fel sgrech fud yn ei phen.

Gwyrodd ei phen fymryn gan feiddio agor ei llygaid i daflu cip slei arall i'w gyfeiriad. Gallai weld ei fod bellach yn y pwll nofio a'i gorff gosgeiddig yn symud yn araf o ddiymdrech drwy'r dŵr. Doedd yr ysgwydd dramgwyddus ddim yn eglur iddi o gwbl am fod llewyrch yr haul yn cannu'r croen. Ond gwyddai fod yr erchyllbeth yn dal yno. O leiaf roedd Glesni'n dal i'w garu, ochneidiodd. Eisteddai honno reit ar ymyl y pwll gan edrych yn edmygus ar ei gŵr yn mynd trwy'i bethau.

Ers pan oedd hi'n ddim o beth, roedd Heulwen wedi ei darbwyllo'i hun mai'r haf oedd ei thymor. Ei henw oedd i gyfrif, mae'n debyg. Ond o gofio'r glaw a ddisgynnai ar Gymru, roedd hi'n anochel iddi orfod dysgu dygymod â siom yn gynnar. Serch hynny, fe ddaliodd i gredu, a phan syrthiodd mewn cariad â Hefin roedd fel petai Duw yn dweud wrthi ei bod hi wedi bod yn llygad ei lle drwy'r amser. Cododd haul ar fryn a dodwyd modrwy aur am ei bys.

Cyn pen fawr o dro, daeth Glesni a Tesni – a dyna ni. Ei theulu bach 'hafaidd' yn gyflawn, meddyliodd.

'Be sydd i ginio, Mam?' Tynnodd y cwestiwn hi'n ôl o'i myfyrdodau. Craffodd dros ei sbectol, gan roi'r nofel roedd hi newydd ei chodi oddi ar y glaswellt i orffwys ar ei chôl. (Doedd dim yn well i atgyfnerthu ei hunanfodlonrwydd ar wyliau na chael glafoerio dros drychinebau bywydau anffodus pobl eraill.)

'Wel, Glesni fach. Be haru ti? Newydd lyncu dy frecwast wyt ti. Dwyt ti 'im yn bwyta dros ddau, wyt ti?'

'Dim yffarn o beryg o 'na,' cafodd yn ateb, ond o enau Gwryd yn hytrach na'i merch. *Typical* twrnai, meddyliodd hithau! Yn barod i siarad ar ran pobl eraill bob cyfle gâi o. 'Allwch chi roi'r gweill 'na h'ibo, Heuls. Nain *in waiting* fyddwch chi am sbel 'to fi'n ofan.'

'Salad gawn ni, debyg,' dyfalodd Glesni, mewn ymdrech i ddargyfeirio'r sgwrs.

'Fe brynon ni ddigon o stwff yn y Carrefour 'na stopon ni ynddo ddo' ar y ffordd o'r maes awyr,' meddai Gwryd wedyn, rhwng halio'i hun o'r pwll a rhoi sws i'w wraig. 'Se byddin yn dod ar ein traws ni, o leia' chelen ni ddim trafferth eu bwydo nhw i gyd.'

Gorfododd Heulwen ei hun i wenu. Ond doedd hi'n amau dim nad oedd y fyddin eisoes yn eu mysg. Gallai weld rhai o'i harfau'n disgleirio'n llachar o flaen ei llygaid. Edrychai cynllun esoterig y tatŵ fel dwy saeth haniaethol oedd wedi ymblethu rywsut, fel dau rosyn wedi eu dal yn nrain ei gilydd. Ond nid blodau oedd ar flaen y llafnau cordeddog hyn, ond blaenau saethau, gyda'r ddwy'n wynebu i wahanol gyfeiriadau. Gloywai'r dystiolaeth i'w chyfeiriad trwy groen y dyn, mor glir â'r dydd.

Cenfigennai wrtho. Nid iddo erioed ddeisyf tatŵ fel y cyfryw. Ond dyma un arall o'r posibiliadau herfeiddiol rheini na fu erioed yn ddigon dewr i'w hystyried. Rhy hwyr bellach, barnodd. Ac yn sicr, fyddai o ddim am un tebyg i nacw ar fraich Gwryd. O, na! Dwy saeth nad aent i unman, wir! Beth a olygai peth felly?

Gallai ateb ei gwestiwn ei hun yn ddigon di-lol. Dangosent fod yr hogyn wedi byw. Arwyddbais oedd ei datŵ. Fe'i cariai ar ei ysgwydd hyd y bedd, yn fathodyn annibyniaeth. Prawf o'i ryddid fel unigolyn. Llef groch ei hunanhyder.

Anesmwythodd Hefin ar ei lownjar. Y bar plastig a redai o dan y canfas a gariai ei bwysau yn mynnu taro yn erbyn ei ystlys bob cyfle gâi o. Amheuai'n fawr iddo bigo'r mwyaf gwachul o'r pedwar oedd yno at eu defnydd. Nid o fwriad. Ei reddf ddewisodd trosto mae'n rhaid. Wedi'r cwbl, roedd rhoi blaenoriaeth i gysuron a gofynion Heulwen a'r genod wedi tyfu'n ail natur iddo ers dros chwarter canrif.

Bellach, roedd y 'ddwy fechan' fel yr arferai gyfeirio atynt, nid mor bell yn ôl â hynny, allan yn y byd mawr ac yn sefyll ar eu traed eu hunain – tra oedd yntau'n dal ar wastad ei gefn yn gorfod bodloni ar ambell bwniad poenus yn ei floneg bob tro y ceisiai newid safle.

Un ar hugain oedd o'n priodi. Wedi gadael ysgol bum mlynedd ynghynt a chael joban fach reit handi gyda'r cyngor, heb fawr o syniad beth oedd o am ei wneud â'i fywyd go iawn. Yna taro ar Heulwen . . . neu Heulwen yn taro arno fo i fod yn fanwl gywir. Ceisiodd osgoi meddwl mai 'cael ei bachau arno' ddaru hi. Roedd yr ymadrodd yn rhy hyll ganddo. Yn rhy angharedig. Ac onid oedd hi'n un fywiog, llawn asbri, hawdd cymryd ati o'r cychwyn? Yn syth allan o'r Normal ac wrthi'n trefnu gwersi a gweithgareddau i'r plant dan ei gofal bob munud – heb sôn am ei drefnu yntau unwaith y gwelodd hi nad oedd o'n un i dynnu'n groes yn aml?

'Châi Glesni mo'r un penrhyddid gyda Gwryd. Roedd wedi dallt cymaint â hynny'n ddigon eglur eisoes. Gwyddai hwn, a welai draw acw wrth ymyl y pwll gyda'i ferch, pa lwybr roedd am i'w fywyd gymryd i'r dim. Byddai'n dilyn y llwybr hwnnw heb feddwl ddwywaith. Ar y llaw arall, un swil oedd Glesni. Yn tynnu'n fwy ar ei ôl o na'i mam. Rhaid mai y *fo* aethai ar ei hôl *h*i, meddyliodd. Hogan lwcus.

DIWRNOD DAU: *Ias ar flaenau bysedd*

'Rargol! Ylwch mor oer 'di hwn,' ebychodd Heulwen wrth rwbio'i llaw yn bowld ar hyd y corff cerfiedig orweddai yno ar ben beddrod rhywun. Ei syniad hi fu iddynt ddod yma. 'Wneith rwla'r tro yn gwneith?' fel roedd hi wedi mynnu. 'Dim ond inni gael mynd am sbin a gallu deud ein bod ni wedi gweld rhwbath.'

Hen abaty. Yr un ohonynt wedi clywed sôn amdano cyn hyn ac ni fyddent yn cofio ei enw ymhen pythefnos. Ond doedd neb yn cwyno.

'Mae mor lyfli o cŵl yma,' fel y ddeudodd Glesni pan gerddasant i mewn. Muriau trwchus y lle yn ddigon i gadw'r tanbeidrwydd allan. Doedd Duw yn amlwg ddim wedi bwriadu i neb chwysu wrth badera.

'Marmor!' nododd Gwryd. Safai'n nes at Heulwen na'r ddau arall a chamodd draw ati i rannu rhyferthwy'r wefr.

'Sdim rhyfedd 'i fod e'n o'r. Ro'n nhw'n gwbod 'u pethe, bois y Dadeni 'na.'

'Ydi hwn yn dyddio'n ôl mor bell â hynny?'

''Na beth mae e'n 'i weud fan hyn,' atebodd yntau, gan gyfeirio at y daflen wybodaeth yn ei law. Yn yr un gwynt, bron, tynnodd ei sylw at blac gerllaw, yn nodi enw'r ymadawedig a'i ddyddiadau. Aeth hithau draw i weld trosti ei hun gan grychu ei thrwyn wrth ddarllen.

'Dim ond bedd ydi o yn y bôn,' dyfarnodd, fel petai am danseilio goruchafiaeth ddeallusol ei mab yng nghyfraith hollwybodus.

Ymdeimlodd â'r gwacter ond ni ddyfarai'r ymweliad. O leiaf trwy ddod yma roedd hi wedi gorfodi Gwryd i wisgo crys. Nid hynny'n benodol a'i hysgogodd i awgrymu y dylen nhw adael hyfrydwch gardd eu fila am awr neu ddwy, ond bu'n rheswm da arall dros wneud. Neithiwr, a hithau mor fwynaidd desog, roedd wedi mynnu parhau'n hanner noeth trwy'r min nos. Yn unswydd er mwyn ei chynddeiriogi hi, amheuai. Hyd yn oed wrth fwyta, dim ond siorts oedd amdano – a fflip-fflops am ei draed, os gwelwch yn dda! Bu'n straen ar Heulwen i gadw'i llygaid oddi ar y fraich. Onid oedd greddf yn mynnu fod pawb yn gorfod brwydro rhag sbecian ar yr hyn sy'n wrthun iddo?

◆

Ac yntau o fewn clyw, aeth Hefin draw at y ddau a chael ei synnu nad oedd y cerflun hynafol hanner mor oer â'r disgwyl. Dychmygai o glywed y drafodaeth a fu y byddai cyn oered ag iâ o dan ei fysedd. Ond roedd ei lyfnder yn fwy o wefr na'i dymheredd. Heulwen yn gor-ddweud fel arfer, meddyliodd, a Gwryd yn ei maldodi fel y mab yng nghyfraith doeth ag ydoedd.

Edmygai'r ffordd yr oedd wedi traethu gyda'r fath awdurdod. Roedd e'n naturiol ddiwylliedig. Addysgiedig hefyd. A gresynnodd Hefin o'r newydd nad oedd o'i hun wedi gwneud mwy ohoni yn yr ysgol ers talwm. Byddai wedi rhoi mwy o hunanhyder iddo pan yn ddyn ifanc, tybiodd. Wedi ei roi ar ben ffordd i ddilyn ei drywyddau ei hun, yn hytrach na chael ei lusgo i fod yn rhan o fywydau pobl eraill.

'Dad,' galwodd llais cyfarwydd arno. 'Ty'd i weld y Fadona 'ma. 'Swn i'n tyngu 'i bod hi'n wincio arna i.' Trodd ar ei sawdl i ymuno â'i ferch ychydig lathenni i ffwrdd, gan roi gwên fawr ar draws ei wyneb er mwyn ei phlesio.

DIWRNOD TRI: *Dŵr*

Fe ddysgai hi ddygymod, meddyliodd. Ond doedd hi ddim wir yn ffyddiog y gallai. Croesodd lawr ystafell helaeth eu fila, gan fynd draw i agor y drysau dwbl a arweiniai i'r ardd. Roedd hi'n dal yn ei choban a dyheai am awel gref o rywle i chwythu ymaith y trymder cysglyd. Cael ei siomi wnaeth hi. Er mor fore oedd hi a'r awyr oddi allan yn ysgafn, doedd dim arlliw o awel.

Aeth at y ffridj a llyncodd hanner gwydryn o ddŵr, cyn ei lenwi drachefn a'i gymryd allan i eistedd wrth y bwrdd cysgodol ar y patio.

'Chysgodd hi fawr. Diffyg traul yn yr oriau mân. Beiai'r *paella* gawsai hi neithiwr. Doedd wybod beth ddiawl oedd ynddo i gyd . . . er iddi hoffi'r tŷ bwyta ar wahân i hynny.

Cymaint felly nes iddi bron ag anghofio am y 'tramgwydd' am orig. Y pedwar ohonynt wedi bod mewn hwyliau da wrth roi'r byd yn ei le.

Hi oedd yn wirion, fe wyddai o'r gorau. Ond doedd ganddi mo'r help. Cafodd ei magu i gredu mai hen betha coman iawn oedd tatŵs. Dim ond morwyr, milwyr, cyn-garcharorion a charidýms fyddai wedi breuddwydio gwneud y fath anfadwaith iddyn nhw'u hunain hanner canrif yn ôl. Bellach, roedd pawb o gantorion pop i gyflwynwyr *Newsnight* wrthi, yn fwy na pharod i arddangos y tacla gyda balchder. Rhaid eu bod nhw'n rhemp dros grwyn hanner y greadigaeth. Gallai gofio, ddwy flynedd ynghynt, pan ddaeth y llawfeddyg at erchwyn ei gwely wedi ei hysterectomi. Petai'r sarff fawr las y gallai weld ei gwegil yn ceisio dianc o dan gornel ei diwnig wedi llamu allan a'i chnoi, ni fyddai'r pangfeydd a frathodd ei pherfeddion wedi bod ronyn yn llai. Faddeuodd hi byth iddo. Ac yntau wedi bod mor glên wrth ei sicrhau y byddai popeth yn iawn.

◆

Tra eisteddai hi yno yn yr awyr agored yn sipian ei dŵr, gorweddai Hefin am y wal â hi, yn y gwely a gydranasant hyd at chwarter awr ynghynt. Dŵr oedd ar ei feddwl yntau. Nid yr oer-ddŵr croyw, syth o'r ffridj, a ogleisiai lwnc ei annwyl wraig, ond y pistyll poeth a raeadrai dros gorff Gwryd yn y gawod yn yr ystafell ymolchi drws nesaf. Gwyddai mai dyna pwy a glywai yno, yn sgwrio'r nos o'i groen, am ei fod yn rhyw hanner canu cân nad oedd yn gyfarwydd i Hefin. O'r hyn a ddeuai drwy'r wal, doedd

Gwryd ddim yn rhy saff o'r geiriau 'chwaith. Byddai saib rhwng pob pwt o ganu, a dychmygai'r ewyn sebonllyd yn rhaeadru'n lân i lawr corff ei fab yng nghyfraith. Roedd o'n ailfywiocáu ar gyfer diwrnod crasboeth arall, meddyliodd. A gwridodd o chwant.

Yna daeth taw ar y llifeiriant a chlywodd swish y llenni plastig yn cael eu tynnu'n ôl. Cydiodd Hefin yn y gynfas y gorweddai oddi tani ac ysgydwodd hi'n ôl a blaen sawl gwaith, fel gwyntyll. Cododd tonnau o gynhesrwydd cyfarwydd Heulwen o'r matras, gan lapio'u hunain amdano a lladd pob chwennych arall. Doedd hi byth ymhell. Fyddai hi byth yn ddieithr iddo. Nid fel y gân roedd o newydd ei chlywed o ochr arall y mur.

Weithiau, roedd angen gras yn ogystal â glendid, gwamalodd, gan daflu'r gynfas yn ei hôl yn egnïol er mwyn iddo yntau hefyd wynebu diwrnod arall.

DIWRNOD PEDWAR: *Dwy wrth sinc a dau'n syllu ar y sêr*

'Dwyt ti ddim yn 'i licio fo, nac wyt, Mam?'

'Glesni fach, sut yn y byd mawr fedri di ddeud ffasiwn beth a finna heb yngan gair o 'mhen?'

'Am nad wyt ti wedi "yngan gair o dy ben". Dyna sut y medra i ddeud ffasiwn beth,' ddaeth yr ateb. 'Chwara teg, mi fyddi di'n hael iawn dy ganmolaeth fel arfar pan fydd petha'n dy blesio. Ond ar sail hynny, gen i hawl i ddehongli tawelwch affwysol fel arwydd o anfodlonrwydd.'

'Wel! Flin gen i dy siomi di,' meddai Heulwen. 'Ond y gwir plaen ydy, tydio o mo'n lle i ddeud dim, nac'di? Dio nac yma nac acw i mi. Prin sylwi.'

'Ond . . .'

'Pam fod yna "Ond . . ."?' holodd Heulwen wedyn, gan geisio swnio mor ddiniwed â phosibl.

'Am fod yna wastad "Ond" efo chdi.'

'Wel! Am beth angharedig i'w ddeud wrth dy fam,' meddai hi wedyn, gan gogio llyncu mul.

'Sori. Ond gen ti farn ar bob dim fel arfer, 'ntoes, Mam? Jest meddwl oeddwn i . . .'

'Dyna lle wyt ti'n ei cholli hi, Glesni fach. Fiw iti feddwl gormod yn yr hen fyd 'ma,' Ceisiodd swnio'n ddoeth a smala yr un pryd. 'Dwi'n ama dim nad dyna lle esh i fy hun o'i le ar hyd y blynyddoedd.'

'Gen i chwant cael un tebyg fy hun – i fatsho. Dw i'n cymryd na fasat ti'n gweld chwith felly – os nad ydi o "nac yma nac acw" ichdi?'

Wrthi'n golchi llestri oedd y ddwy. Dwylo Heulwen oedd o'r golwg yn y sinc ac yn sydyn, clywai'r plât roedd hi ar ganol ei sgwrio yn llithro o'i gafael, gan suddo'n ôl drachefn i blith y swigod.

Rhaid fod Gwryd wedi rhwydo Glesni i fod yn rhan o'i gynllwyn! I fod yn un ag yntau. Gwnâi hyn bob dim yn waeth o lawer na dim y gallai hi fod wedi ei ragweld. Dwy ergyd. Dwy siom. Dau datŵ yn y teulu.

◆

'Wy'n dwli mor d'wyll yw'r nos yn y rhan 'ma o'r byd.'

Er nad oedd hi'n hwyr o gwbl, roedd Gwryd yn llygad ei le. Ar wahân i oleuadau'r pwll nofio a'r patio oedd ynghyn ganddynt, roedd y nos oedd wedi cau o'u cwmpas yn ddu bitsh.

'Gorweddwch lawr fan hyn 'da fi, Hefin, i edrych lan am funed. Wy'n gwbod y byddwch chi fel fi yn gallu gwerthfawrogi holl ogoniant y ffurfafen ar shwt nosweth glir.'

Oedi'n betrusgar am ennyd wnaeth Hefin. Doedd o ddim am ufuddhau yn llywaeth i'w fab yng nghyfraith. Ar y llaw arall, rŵan ei fod wedi codi ei ben a chymryd cip ar holl ganfas maith y sêr, deallai mor hawdd oedd dotio at yr hyn a welai. Cawsai ei ddal yn sydyn gan hud yr annisgwyl. Dychwelyd o fod rownd y talcen yn cymryd smôc slei yr oedd o pan gododd llais y dyn iau o un o'r gwelyau haul i fachu ei sylw a'i daflu oddi ar ei echel braidd.

Ar ôl pesychu a thin-droi am foment, eisteddodd ar y gwely haul nesaf at yr un lle gorweddai Gwryd ar wastad ei gefn. Yna, ymhen munud neu ddwy arall, gorweddodd yntau'n ôl, gan ei efelychu.

Ni allai gofio i ba gyfeiriad y dylai edrych er mwyn gweld prif nodweddion y nen yn y nos – y ffurfiannau mwyaf cyfarwydd. Fyddai dim fan lle yr arferai ei weld 'nôl adref yn ei gynefin. Fe wyddai gymaint â hynny.

'Pan own i'n ifanc, rown i'n arfer ystyried fy hun yn dipyn o seryddwr,' mentrodd gyfaddef. 'Flynyddoedd mawr yn ôl bellach, wrth gwrs . . .' (Roedd y geiriau 'cyn priodi a chael y genod' wedi ffurfio yn ei ben, yn ddiweddglo naturiol i'r frawddeg, ond llwyddodd i'w hatal rhag dod allan.) 'Peryg 'mod i wedi anghofio golygfa mor anhygoel ydi hi ar noson wirionedd glir.'

'Wedes i yn do fe?' Daliai wyneb Gwryd i ddelwi'n ddi-syfl ar y wybren ddu. 'On i'n gwbod yn nêt y byddech chi a fi yn gallu rhannu'r funed fach 'ma. Rhyfeddodau'r sêr. Ehangder yr wybren. Moethusrwydd y tawelwch.'

Doedd Hefin ddim yn rhy siŵr sut y gwyddai o fod seryddiaeth yn un o'r meysydd hynny y byddai wedi hoffi mynd ar eu trywydd yn fanylach petai o wedi cael cyfleoedd gwahanol. Dirgelwch arall, tybiodd. Fel y sêr a lenwai ei lygaid.

"Na un o'r pethe gore am wylie, ynte-fe?' ychwanegodd Gwryd yn ddifeddwl o addfwyn. 'Chi'n sylwi ar bethe fyddech chi ddim yn sylwi arnyn nhw fel arfer. A ma 'da chi'r amser i orwedd 'nôl a'u gwerthfawrogi nhw'n iawn.'

DIWRNOD PUMP: *Cadw'n cŵl*

Brwydrodd tafod Hefin i gael y gorau ar ei hufen iâ. Rhwng yr awel gref a'r haul crasboeth, roedd perygl i hyfrydwch y cornet yn ei law chwythu'n syth i'w swch neu doddi ar hyd ei arddwrn. Camau bach araf a gymerai wrth rodianna'n ôl at Heulwen. Nid fod unrhyw arwyddocâd cudd i hynny. Ar wahân i ambell rôl-sglefriwr gwallgof a lonciwr hunanfodlon, digon dow-dow oedd pawb wrth gerdded y prom.

'Gest ti dy demtio, felly?' holodd Heulwen wrth weld triongl bach olaf gwaelod ei waffer yn diflannu i'w geg.

'Do. A doedd dim pwrpas prynu un i chdi, mae arna i ofn. Rown i'n rhy bell oddi wrthach di pan ddois i ar draws y siop.'

'Hen dro,' gresynodd hi, cyn ychwanegu'n awgrymog, 'Er, nid yn aml y gelli di ddeud dy fod ti'n rhy bell oddi wrtha i i ddim, naci?' Gwên fach wybodus a gafodd yn ateb ganddo. Pa angen geiriau i nodi dealltwriaeth?

'Hidia befo,' aeth hi yn ei blaen. 'Gobeithio fod Glesni a Gwryd yn cael prynhawn bach wrth 'u bodda, dyna i gyd ddeuda i. Siawns na fyddan nhwytha wedi dod o hyd i rwbeth i iro'r llwnc erbyn hyn.'

'Gobeithio y do nhw o hyd i hufen iâ cystal â hwnna dw i newydd ei gael,' meddai Hefin yn bryfoclyd.

'Hy! Cwrw fydd wedi llithro i lawr corn gwddw Gwryd synnwn i fawr.'

'Duwcs, na go brin. Nid â fynta'n gyrru,' mynnodd Hefin wedyn. 'Un cyfrifol iawn 'di o.'

'Dyna gredish inna hefyd. Ond pwy â ŵyr, yntê?'

'Syniad da oedd iddyn nhw gymryd y car a chael prynhawn bach iddyn nhw'u hunain.'

'A'n gadael ni'n dau i gymryd sgowt o gwmpas fa'ma tan welan nhw'n dda i ddod i'n nôl ni.'

'Wel, Heulwen fach, mi fedri di weithia fod yn goblyn o ara'n gwneud peth mor syml â dewis cardia post.'

'Medraf, mae'n debyg,' chwarddodd yn falch. 'Ond dwi'n licio matshio pob cerdyn efo'r person sy'n mynd i'w derbyn. 'Run fath efo cardia Dolig. Ta waeth! Fe gesh i'r rhain wedi'u sgwennu tra buost ti am dro. Os na chân nhw'u postio heddiw, mi fyddwn adre o'u blaenau nhw.'

Wrth siarad, gwthiodd swp o'r cyfryw gardiau i'w law lidiog. Doedd dim gobaith caneri y cyrhaeddai'r rhain eu cyrchfannau cyn iddyn nhw'u pedwar gyrraedd adref, barnodd. Doedden nhw'n fflio'n ôl i Fanceinion drennydd? Ar yr un awyren â'r cardiau o bosib. Ond ni thrafferthodd dynnu sylw Heulwen at yr amlwg. Yn hytrach, eisteddodd wrth ei hymyl ar y fainc i ddarllen. Byth ers dechrau'u gwyliau, synhwyrai fod rhywbeth yn dân ar ei chroen, ond chafodd dim ei ddweud a fyddai wedi gadael iddo wybod pa flewyn penodol a dynnwyd o'i thrwyn. Tybiodd y gallai'r hyn a sgwennwyd ganddi ar y cardiau gynnig cliw, efallai. Ond doedd dim affliw o ddim ymysg yr ystrydebau.

Cododd drachefn, gan ddweud ei fod yn mynd i chwilio am flwch postio.

DIWRNOD CHWECH: *Trochi*

Wyddai hi ddim ai sgrech neu chwerthiniad gyfrannodd hi ei hun i'r cacoffani. Llenwyd eu gardd ar lôg gan y ddau am ennyd. Saethodd ar ei thraed. Fe wyddai gymaint â hynny. A gwyddai ei bod hi'n wlyb diferol. Hyhi a'r tywel a'r gwely haul y gorweddasai arnynt. Cafodd y lleill, nad oeddynt nepell oddi wrthi, drochfa annisgwyl hefyd. Wel, dau ohonynt. Pawb ond Gwryd.

Roedd hwnnw eisoes yn y pwll nofio pan ddechreuodd y taclau poeri dŵr hwnt ac yma yn y lawnt wneud eu gwaith. Anarferol iawn am hanner awr wedi tri y prynhawn. Eu prynhawn olaf. Hithau wedi erfyn tawelwch; y nofel honno a ddaeth gyda hi yn solet o flaen ei thrwyn tan ddyfodiad y twrw mawr. Bellach, roedd hyd yn oed honno'n diferu.

Erbyn meddwl, yfo, Gwryd, oedd yr unig un ohonynt a chwarddodd yn harti dros y lle. Glesni a hithau wedi rhoi bloedd. A Hefin wedi rhegi.

Maes o law, cafodd Heulwen ar ddeall mai nam ar y dechnoleg a reolai'r system ddyfrhau fu'n gyfrifol am darfu ar eu heddwch. Ond ar y pryd, amheuai mai rhyw dynnu coes plentynnaidd gan ei mab yng nghyfraith oedd i gyfrif. Beth gebyst oedd yn bod ar y dyn?

Yna, fe'i gwelodd drachefn. Yn codi o'r dŵr. Fedrai hi mo'i osgoi. Gwryd yn dod i weld beth aeth o'i le. Ei wyneb yn wên a'i fraich yn dal lle y bu erioed a lle y byddai hyd byth.

Cydiodd Heulwen yn y tywel soclyd a diflannodd gyda chamau breision am y drysau dwbl. Daethai trosti'n sydyn y dylai fod cywilydd arni. Dros Gwryd. Dros Glesni. A throsti hi ei hun.

DIWRNOD SAITH: *Teg edrych* . . .

'Ges i sbort, ta beth,' dyfarnodd Gwryd. 'Gobeithio bod chi i gyd wedi joio cyment â wy wedi.'

'Do'n wir,' rhuthrodd Heulwen i'w sicrhau. 'Yn do, Hefin?'

'*Champion* o wylia. Diolch o galon i'r ddau ohonach chi,' ategodd hwnnw'n wresog. 'Mae wedi bod yn anrheg Nadolig gwreiddiol tu hwnt. Ein cael ni oll ar wylia efo'n gilydd fel hyn ym mis Ionawr.'

''Na'n gwmws beth wedes i wrth Glesni,' meddai Gwryd. 'Beth am dynnu Hef a Heuls i'r haul gyda ni, ymhell o lymder gaea'? Wedi'r cwbl, lle bynnag mae hi'n aea', gallwch fentro'i bod hi'n ha' yn rhywle arall.'

Symudai'r pedwar yn araf wrth siarad, yn rhan o'r ciw a ymlwybrai at yr awyren. Pasports yn eu dwylo. Eu gwyliau drosodd.

'Yr unig dristwch ydi 'i bod hi'n bwrw eira'n drwm 'nôl yng Nghymru,' cwynodd Glesni, oedd wedi gweld penawdau bras y papurau Seisnig yn y lolfa aros.

Cymerodd Hefin arno ei fod yn rhynnu, gan lapio'i fraich o gwmpas ei ferch i gogio cadw'n gynnes. Ond nid enynnai'r hin roedd hi ar fin hedfan yn ôl iddi unrhyw gasineb yn

Heulwen. Ni fu eira dan draed gefn gaeaf erioed yn sioc nac yn siom iddi. Mymryn o anhwylustod i'w sgubo ymaith gorau y gallai, meddyliodd. Dim mwy na hynny. Doedd e ddim yn perthyn iddi; nid trwy waed na chyfraith. Byddai'r eira'n siŵr o ddadmer a mynd yn angof, maes o law. Yn wahanol i'r annifyrrwch mwy parhaol oedd newydd ddod i'w rhan.

LLEUCU ROBERTS

Rhedeg

'Ti'm yn ca'l jam ar dy sgonsan dyddia yma, Shî.'

Deud, nid gofyn ma Arianrhod. Ateba i mon'i. Un pwynt saith milltir arall a ga i warad arni. Mi duchana i 'chydig i neud iddi feddwl 'mod i ormod allan o wynt i'w hatab hi, er 'swn i'n gallu rhedeg ddwywaith cyn bellad â'r bitsh – a finna ddeng mlynedd dda yn hŷn na hi.

Thâl hi ddim i mi wylltio, neu mi ga i fflysh. Fflash ma iancs yn galw fo. Tybed be ydi o'n Gymraeg, fydd raid i mi sbio'n Brŵs ar ôl mynd adra ar ôl ca'l cawod.

Weithia, dwi'n meddwl mai mond er mwyn ca'l cawod braf dwi'n rhedeg. Fatha tasa raid talu am bob defnyn o bleser – a ma raid wrth gwrs: dwi ar y ddaear 'ma ers hannar canrif, dwi 'di dysgu hynna bach. Cawod gynnes a dŵr drwy 'ngwallt chwyslyd fel awyr iach (yn 'i dynnu fo'n rhydd ar ddim, bron, a'i olchi lawr gan glogio'r draen, a hwnnw'n wyn, damia fo); swigod sebon y jèl yn llyfnu (crycha'r corpws hyll 'ma); cynnes, cynnes ar war (a dwy sach ffa ar anel at fy mhenaglinia fatha tasa nhw'n trio tynnu'n rhydd fatha taffi triog yn cael ei dynnu bron at dorri). Disgyrchiant. Golch fi lawr y plwg.

Be bynnag.

'Jôc, Shî. Ti'm yn gallu cymyd jôc?'

Gas gin i'r lein 'na. 'Swn i'n gallu troi'r lein 'na'n weiran bigog, 'swn i'n 'i gosod hi am 'i gwddw hi ac yn 'i thagu hi efo hi.

Cwl 'wan, Shî. Gwena arni. Dyna fo. Wyt, mi wyt ti'n gallu cymyd jôc, er bod dy hormons di'n balistic dyddia yma, a dy hwylia di fatha corwynt, a dy gwbwl-lot di'n bananas. Ond wiw iddi hi, Arianrhod Phillips, deugain, wbod hynny a hitha'n bell, bell o unrw fflysh na fflash na chrycha na brona-lastic. Ti'm-isio-dangos, nag'wt, rheda'r un pwynt saith milltir i ti ga'l teimlo'n well, a mi eith hi adra a mi ei di adra am nad oes nunlla arall i fynd debyg, nunlla debyg i adra.

Un pwynt saith, pryd fydd o'n un pwynt chwech?

'Jôc, Shî' dyna ddudodd yr HGB neithiwr hefyd, erbyn meddwl. 'Jôc, Shî,' pan mae o'n unrw beth blaw jôc. Ond wiw mi ddeud hynny wrtho fo, am bod 'i hen-gont-blinrwydd o'n fwy blin nag erioed dyddia yma, a phwy ddiawl ydi'r jiniysus sy'n deud mai menywod sy'n mynd drwy newid canol oed, achos jisys-craist, ma mŵds nacw, HGB, yn swingio'n waeth na cheillia tshimpansî ar drampolîn.

Ca'l ment am bod rw beiriant neu gilydd yn cau gweithio fel dyla fo – 'be ffwc sy matar efo'r teciall 'ma?!' (Wyt ti wedi trio'i roi o mlaen yn y wal?) Ac anghofio bob un dim fatha gogor, fatha 'napi-brên', ond ei fod o'n gosach at wisgo napi ei hun nag at pan oedd o – weithia – yn newid rhai Gwawr yn fabi.

Stopia feddwl am yr HGB. Rheda. Rhed. Cau o allan, anadla i mewn dau tri ac allan dau tri, cyflyma, gwna i Arianrhod a Mair ddal i fyny efo ti er mai ti ydi'r hyna o gryn dipyn, gna iddyn nhw redeg, i ti gael cau petha o dy ben.

Ond mae'n anodd cau ddoe o 'mhen a ma 'na bwll mawr tu mewn i mi sy isio crio a ddim isio crio run pryd, fatha cwontym ffisics a chath y boi 'na. Ella galla i ddeud wrth Mair nes 'mlaen – dwisho a dwi ddim, achos mi ga i 'bechod' gan Mair a dwi'm yn siŵr os alla i handlo'i 'bechod' hi.

'Jôc, Shî,' dyna ddudodd o. Fatha taswn i fod i chwerthin yn harti am ben y ffaith ei fod o wedi cysgu efo rywun arall.

'Jôc, Shî, lle ma dy synnwyr digrifwch di?'

Ddudodd o ddim o hynny go iawn – y synnwyr digrifwch – ond dyna oedd o'n teimlo fatha bod o'n ddeud. Fatha tasa'r cwbwl yn fai arna fi am fod yn hanner cant, am fod yn brwnsan grebachlyd, am fod yn sych lawr fanna – a sych fyny fama hefyd, ar yr hwylia sy arna i (ei feddylia *fo*, rŵan, dwi'n neud lot o feddwl ei feddylia fo), am fod yn fi.

Dwi'n ca'l llwyth o hunllefa dyddia yma lle mae gynnon ni stafall yng nghefn y tŷ nad o'n i'n gwbod 'i bod hi yno, a dwi ormod o ofn mynd i mewn iddi i sbio be sy 'na, achos yn y bôn dwi'n gwbod be sy 'na: draig fawr hyll yn llawn o bob gofid sy gen i, pob un o'r cysgodion yn fy mhen, pob ofn a phob tywyllwch o 'mlaen i na alla i mo'u hosgoi. Rwbath felna.

Neu ma'r rhaglen ddogfen dwi'n gweithio arni am y dreth ystafell wely wedi dechra codi'r felan arna i go iawn.

Ma pobol yn deud y petha casa'n y byd drwy ychwanegu mai mond jôc oedd o. A *nhw* sy'n cael cam os 'dach chi'n meiddio amddiffyn eich hun.

Echnos, ar ôl parti Cwmni Crwn ar ôl *end-of-shoot* 'Y Ddrama Fawr' noson Dolig Sbrec am bobol angstlyd rwla'n gefn gwlad y gogledd yn angstio am rwbath dwn-i'm-be, ag oedd yr HGB wedi bod yn ei chyfarwyddo hi, do, rial pluan yn ei het, a ddoth o adra bora ddoe yn drewi o gwrw a hogla sent, hogla dynas, hogla secs, a finna'n gwbod yn syth, a wir na'th o'm gwadu, sy'n gneud i fi feddwl falla bod o'm yn ddigon boddyrd i wadu er mwyn achub be sgynno fo – be sgynno fo? Draig grebachlyd hyll sy'n gwylltio ar ddim, a chrio ar lai, a'n obsesio am bob dim.

A pan ddudis i 'lle ti 'di bod?' ddudodd o 'Yli, Shî, fel hyn oedd hi . . .' a'i freichia ar led fatha tasa cysgu efo hogan arall y peth mwya rhesymol yn y byd i neud, mond mai fi oedd yn wirion neu'm yn gall.

'O'n i'n feddw gocyls,' medda fo, a ddudis i ''di hynna'm yn esgus' wrth i 'nhu mewn i golapsio 'nesh i'm llwyddo i neud o'n iawn a deud y gwir, rhy feddw, rhy, ti'n gwbod, nesh i'm, rhy betingalw . . .'

'Llipa,' medda fi i'w helpu fo allan o dwll fel petai, a rhyw wawd ar y gair, 'be sy'n newydd?'

''Dan ni 'mond yn ca'l secs pan dan ni'n feddw gocyls dyddia yma, dw'm yn gwbod pam ti'n poeni,' medda fo wedyn, y cwd, a'i ddilyn o wedyn efo 'jôc, Shî'.

Ofynnis i pwy oedd hi. Ddudodd o bod 'na'm otsh.

Ma 'na chwartar canrif o otsh. Dwi'n deimlo fo tu mewn i mi.

Drwg ydi bod gin i'm ffrind fedra i fynd ati ac arllwys. Yr

HGB oedd hwnnw. Wastad wedi bod. Drosd unrw draffarth fysa efo Gwawr, drosd y cwbwl. Ffraeo fatha'r uffar' yn amal, ond fo a fi drw cwbwl. Weithia, dwi'n medru troi o fod isio iddo fo ddisgyn yn farw gelain gorn o 'mlaen i pan mae o'n bod yn gwd, a throi wedyn i'w garu fo fatha taswn i'n methu dychmygu 'mywyd hebddo fo, rhwng dwy frawddeg mewn sgwrs, yn y bwlch anadlu rhwng 'Ti'm wedi bod yn siopa?' (fo, cyhuddgar), er enghraifft, a 'Be swn i'n neud swpar i ni heno?' (fo eto, a'i freichiau amdana i). Troi fela.

A ddim jest rŵan: ma hynny ers pan o'n i'n blwmsan cyn i fi ddechra troi'n brwnsan.

Ma Mair yn ffrind, a hi sy'n ca'l y shit am y gwaith a phetha pan ma angen lawrlwytho hwnnw arna i. Er bod hitha hefyd ddeng mlynedd yn iau na fi, ma'i'n dallt. Mi fysa: golygydd llyfra ydi Mair, ddim fathag Arianrhod a fi yn y blydi cyfrynga. Ma Mair yn normal.

Ddyliwn i'm bitsio gormod am Arianrhod. Fedrith hi'm help. Ma hitha'n wynebu ei diafoliaid ei hun, yn croesi'r trothwy rhwng bod yn wyneb dynas ifanc i fod yn wyneb dynas ganol oed, sy'n neud y *byd* o wahaniaeth i'w gallu hi i gyflwyno newyddion a be bynnag sy'n pasio fel newyddion ar y rhaglen leit-ent ma'i'n gyflwyno, achos dydi menywod drosd 'u tri deg pump ddim yn gallu sefyll o flaen camra heb neud i'r gynulleidfa adra chwydu mewn ffieidd-dod i'w PG Tips. A deith petha ddim mymryn haws iddi, mi fydd 'i sgonsan hitha'n ddi-jam cyn iddi droi rownd.

Y 'newid', fel maen nhw'n 'i alw fo, fatha ma'n nhw'n galw secs yn garu. Ffor' o gyfiawnhau troi menywod allan i bori heb orfod rhoi esgus go iawn.

Rhedeg sy'n 'y nghadw i'n gall. (Er y bysa fo'n deud nad

ydw i'n gall wrth gwrs. 'Jôc, Shî'.) Mi fydd gynna i fagia trwm dan fy llygid i gadw'r holl ddagra sy 'di hel, ond o leia mi ga i redeg milltir o golwg i'w gwagio nhw ar un o lwybra mwy unig y lle 'ma. Rhedeg-canol-oed, yr ymdrech i weindio'r milltiroedd yn ôl i mewn yn gneud i weindio'r blynyddoedd yn ôl i mewn deimlo'n llai sydyn.

Dwi'n rhedeg ers blynydda (tuag at 'ta oddi wrth, dwn i'm) – byth ers i Gwawr ddechra gneud clyma efo 'nghalon i fel mae plant yn dechra neud rownd y pymthag oed 'ma, a nesh i ddechra dwad efo'r ddwy arall llynedd, a mi gawson ni laff. Esgus i ddod allan i gael ffag oedd rhedag i Arianrhod. Doedd Steven, ei phartnar hi, cynhyrchydd, ddim yn licio'i bod hi'n smocio, ag er y bysa fo'n gallu cyfri ar ddau fys faint ma Arianrhod yn smocio bob dydd, rhyw hen beth felly ydi o.

'*Ffwcsan wirion 'di'r Hafwen 'na,*' medda Arianrhod wedyn o nunlla. Hynna'n ei phoeni hi felly. Eiddigedd: troi'r olwynion yn lle 'ma, yn Sbrec, yn 'y busnas'. '*Gwisgo sgertia sy'm yn cyfro blaen 'i chotshan hi. Ac i feddwl bod hi'n cyflwyno rhaglenni i blant bach!*'

'Swn i wrth 'y modd tasa Mrs Jones Lla'rug yn 'i chlwad hi pan ma'r camras 'di diffodd.

Ma Arianrhod yn meddwl bod hi'n ddigon o stynar i ga'l get-awê efo hi. Witsia di ddeng mlynedd arall 'y nghariad i a fydd pawb yn dy osgoi di fel y pla os fydd dal gin ti geg fela arna chdi.

'*Ond ma'i Chymraeg hi'n raenus,*' medda Mair yn amddiffynnol. A dwi'n cofio wrth gwrs bod Delyth, merch Mair, yn gweithio efo Hafwen – ond y tu ôl i'r camra, yn wahanol i Hafwen – yn Cwmni Crwn. Am ryw reswm, mae hyn yn rhoi rhywfaint o bleser i mi – gweld Mair yn trio bod yn ffyddlon i ffrind ei merch. I be, ffor god's sêcs?

Tybed os mai efo Hafwen gysgodd yr HGB? Bronna marshmalo sgynni hi, ddim bronna-lastic.

'Hen air hyll 'di cotshan,' dwi'n ddeud wrth Arianrhod – i roi tro yn y trwyn bach sgwiji sgynni ma dynion yn disgyn mewn cariad efo fo. Ond mae hi gam neu ddau o 'mlaen i ag yn cymyd arni na tydi'm yn clwad.

'Hen air hyll, Secs,' medda Mam rwdro gan droi'r gair ar ei thafod fel coflaid. Cofio hynny, a fysa Mam fawr hŷn na dwi rŵan yn 'i ddeud o.

Ai dyna fel ma Gwawr yn 'y ngweld i? Fatha dwi'n gweld 'i nain hi? Ai dyna fel ma'r HGB yn 'y ngweld i? Ai dyna pam . . .?

'Parti da echnos,' medda Arianrhod gan duchan braidd wrth i'r llwybr esgyn y mymryn lleiaf na fedar dim ond coesa a sgyfaint sylwi arno'n codi. Mi anghofish i y bysa hitha yno siŵr dduw yn ganol y cwbwl-lot. Fysa'r HGB ddim yn 'i chyffwr hi â choes brwsh.

Fysa fo . . .?

'Ddylsa chdi fod wedi dod efo Elwyn,' medda hi wedyn. Fysa fo ddim, na fysa, fysa fo ddim! Dwi'n oeri drwydda fi er bod y chwys ar 'y nhalcen yn 'lyb a mocha i'n berwi. *'Oedd 'na'm coes dan Elwyn.'*

Plis fysa fo ddim, pam na swn i 'di gweld hyn yn dod, pam na swn i 'di bod yn ddigon iddo fo, pam na swn i 'di atal 'i ganoloedrwydd *o* yn lle obsesio am fy un fy hun a methu gweld y sgrifen ar y mur?

A dwi'n meddwl, fedrwn i ofyn iddi, 'nest ti gysgu efo fo, Arianrhod? Nest ti gysgu efo 'ngŵr i?' Ma bobol yn neud

73

petha felly, mewn ffilms a mewn storis, ma'n nhw'n gofyn point blanc er mwyn symud y naratif yn ei flaen. A fysa hi wedyn yn deud 'do', neu 'naddo siŵr', a fysa un o'r ddau'n wir, (neu'r ddau neu ddim un, fatha cath y boi 'na eto, sy'n bosib o styriad fod yr HGB wedi cysgu efo rywun ond heb lwyddo i neud hynny'n iawn chwaith) er nad yr un fysa hi'n ei ddeud fysa'n wir o bosib, pwy a ŵyr, felly i be fyswn i'n traffarth gofyn? Er, os bysa hi'n deud 'do' ma'r tebygolrwydd y bysa fo'n wir yn uchel wedyn. Wel . . . pwy a ŵyr efo Arianrhod. Ma'i'n un am ddrama, fysa hi'n gallu creu un drwy ddeud 'do' hyd yn oed os mai 'naddo' fysa'r gwir, jest i weld be nawn i, jest i 'ngweld i'n cracio.

Ond dwi'm yn pasa cracio. Nesh i'm cracio pan nath yr HGB ddeutha fi, ag adio wedyn: 'dw'm yn mynd i wadu wrthat ti, 'dan ni wedi bod hefo'n gilydd yn rhy hir i mi fynd i wadu rwbath o'dd ddim yn golygu diawl o ddim.' A fysa fo wedi deutha fi pwy oedd hi, dw'm yn ama, taswn i wedi gofyn eto, ond fedrwn i neud dim blaw mynd allan o'r stafell. A mi ffoniodd Gwawr wedyn isio pres fel arfar a fuo raid i mi ffonio pres drwadd iddi ga'l talu rhent yn coleg, a lwyddish i i siarad efo hi'n ddigon hir i sortio hynny heb dorri lawr. Felly mae hi 'de, rwla rhwng y golchi llestri a'r smwddio ma priodasa'n chwalu, ma'r enwa'n mynd i lawr y cracs cyn ca'l 'u deud, a dwi'm isio clwad be bynnag, p'run ai Hafwen, p'run ai Arianrhod, p'run ai pwy uffar ddiawl arall DWI'M ISIO CLWAD!

Un wael efo enwa dwi be bynnag, efo lwc fyswn i 'di anghofio'i henw hi cyn 'mi farw, fatha Mam yn dechra drysu achos dwinna'n oed SAGA 'wan fatha hi – 'dw't ti'n mynd dim iau' medda hi wrtha fi ddechra'r wsnos pan o'n i'n dewis lliw gwallt yn Tesco wrth fynd â hi i siopa, 'dw't ti'n mynd dim iau,' a finna'n trio penderfynu rhwng 'natural brown' a 'golden brown' a fuo hynny bron â neud i mi grio.

Rhyfadd 'de, hynna bach, bron â neud i mi grio, a heddiw dydi gwbod bod 'y ngŵr i ers bron i chwartar canrif wedi cysgu hefo hogan arall ddim yn llwyddo i neud hynny, er . . . taswn i'n dechra, beryg na swn i'n gallu gorffan.

Un fela ydi Mam. Neu un fela ydi hi rŵan. Ac un fela fydda inna eto siŵr. Gwaethygu i hynna wna i, ac mi fydda i'n deud wrth Gwawr na tydi hi'n mynd dim iau. Na, raid i mi gofio peidio. Be ydan ni os na allwn ni ddysgu o gamgymeriadau'n mamau?

Ma Arianrhod wedi stopio, a'n tynnu sigarét o'r pacad deg ma'i'n gario yn 'i bym bag. Dwi'n 'i gwylio hi'n cynnau'r leitar a'n drachtio llond ysgyfaint o fwg bendithiol gan bwyso yn erbyn cefn y fainc lle 'dan ni'n arfar stopio cyn troi nôl. Ma'i'n edrach fatha tasa hi'n cael y fath fwynhad, a'i thrwyn bach ciwt yn dipio'r tamaid lleiaf i gyfarfod â'r sigarét, fel moesymgrymiad, wrth i Arianrhod dynnu arni.

Fyswn i ddim yn 'i chicio hi allan o gwely, heb sôn am yr HGB. A dwi'n dechra meddwl bysa Hafwen hannar-'i-oed-o wedi bod yn rhy brysur yn chwydu ar ôl gweld 'i grycha mwya personol o i fod wedi cysgu efo fo.

'Isio llun?' gofynna Arianrhod yn coci reit wrth fy ngweld yn sbio arni.

'Ga i ffag?' dwi'n gofyn cyn medru stopio'n hun.

''Asu!' ma Arianrhod yn ebychu. 'Dy ladd di nawn nhw.' Fatha Mam â'i 'ti'm yn mynd dim iau'.

Ond ma hi'n cynnig un i mi. A dwi'n 'i chymyd hi a'i rhoi

hi'n fy ngheg a'i hestyn at y tân. Faint sy'? Ugain mlynedd siŵr o fod, faint 'di oed Gwawr?

'Be ddiawl sy matar arna chdi?' medda Mair wrth ein cyrraedd. Mae hi'n goch fatha bitrwt ond dwi'n siŵr 'mod inna hefyd. *'Mid-leiff creisis?'*

Dwi bron â chwerthin.

Dan ni'n tair yn ista ar y fainc. Ma'r sigarét yn troi fel chwd yn 'y mhen i, yn afiach i gychwyn, a'r hen flas pydredig yn adleisio dyddia coleg a chwrw. Wedyn, daw'r hit. A dwi'n eistedd yn ôl â nghefn ar gefn y fainc, wrth ymyl Arianrhod. Ma Arianrhod wedi sylwi ar y penstandod. Mae hi'n gwenu arna i.

'Wel? Ydan ni'n ca'l gwbod?'

'Gwbod be?' dwi'n gofyn â nhafod yn floesg.

'Pam wyt ti'n smocio am y tro cynta ers o'dda chdi'n cario Gwawr?'

Dwi'n codi'n sgwyddau'n ddi-hid. Dio'm llawar o otsh gen i be ma'r un o'r ddwy'n feddwl. Mae Mair yn eistedd yn ofalus wrth fy ymyl, fel pe bawn i wedi cael strôc.

Mae trwyn sgwiji Arianrhod yn gneud tro bach arall wrth iddi dynnu ar ei ffag. Mae'r mwg yn ychwanegu at yr olwg ledrithiol mae ei thoreth o wallt blond (ha, jôc) yn ei roi iddi. Siŵr bod rhei dynion yn glychu'i blaen hi wrth wylio'r newyddion ar Sbrec.

Be sy'n gneud i mi feddwl fatha siwar?

(Fysa'r HGB . . .? Efo Arianrhod, fysan nhw . . .?)

Am mai mewn siwar dwi'n byw.

'Plant,' medda fi. Ateb digon da. Chafodd Arianrhod a Steven 'run – beryg fysa hynny wedi rhoi gormod o straen ar y trwyn – fydd hi'm callach nad plant ydi tarddiad pob

gofid ac aflendid ers y cread. *'Gwawr, yn gwario pres fatha dŵr.'*

Tydi hi ddim, neu ma'i, ond sgin i'm ffwc o otsh am hynny.

'Paid â sôn,' hyffia Mair. *'Ddalish i Delyth ni yn gwely efo rywun bora ddoe.'*

''Asu mawr, gad lonydd i'r hogan! Ma'i'n twenty-rwbath!' cyfartha Arianrhod. Mae ôl y ffag ar ei llais hi. *'O'n i 'di shagio hannar yr adran Ddrama erbyn o'n i'n twenty-rwbath. A ma hynna heb gyfri stiwdants.'*

Ddoe? Be oedd Mair yn neud yn fflat Delyth bora ddoe? Dwi'n meddwl.

'Be oedda chdi'n neud yn fflat Delyth bora ddoe?' dwi'n ofyn.

'Rhedeg. Godish i am saith, a meddwl sa hi isio ryn.'

'Be oedd yn bod arnan ni'n dwy?'

'Meddwl bod hi'n gynnar. Toedd hi'm ond wyth.'

'Oedd Delyth yn parti Cwmni Crwn noson cynt, oedd hi rhy gynnar iddi hi siŵr!' ebycha Arianrhod.

'Nesh i'm meddwl,' medda Mair. *'Eniwe, oedd gynni ddyn.'*

'Deud pwy,' medda Arianrhod a phlygu 'mlaen â dal penelin ei braich ffag ar ei glin ar anel fatha Bridget Bardot o'r oes o'r blaen.

Anodd credu bod llgodan fach fatha Delyth yn abal i rwydo dyn. Dydi hi byth yn gwisgo dim blaw jîns a threnyrs hen-ffash fatha trani (ddim fi ddudodd hynna, dwi'm yn rhagfarnllyd, ma gas gin i bawb yn ddiwahân) yn wrthwyneb llwyr i Hafwen rhy-ddel-i-rechu, ei ffrind gora hi. Fuo 'na rioed ddwy fwy gwahanol.

'Chesh i'm gwbod pwy. Dyna dwi'm yn hapus amdano fo,'
medda Mair. *'Mi yrrodd hi fi o drws heb 'y ngwâdd i fewn.
Dach chi'm yn meddwl mai rwun, wchi, oedd 'im i fod . . .
rwun wchi, rwun . . .'*

Am ma rwbath arall yn llithro tu mewn i mi wrth i mi
ddallt bod llygod bach dwy ar hugain yn well na llygod
mawr hannar cant.

'Priod ti'n feddwl Mair fach, jest duda fo,' medda
Arianrhod libral, (be tasa fo'n Steven? Ond dwi'n gwbod na
ddim Steven oedd o nacia) *'beddiawldi'rots?'*

Nacia, ddim Steven oedd o nacia, ddim Steven oedd o
nacia nacia nacia nacia! A *mae* 'na otsh!

Raid bod y parti'n blydi rêf a hannar: Delyth llgodan 'di
ca'l smel; yr HGB 'di ca'l smel. Bechod na swn i 'di mynd
wedi'r cyfan, ella swn i 'di ca'l smel.

Fyswn i'n gallu troi at Mair rŵan a deud: misho ti boeni,
Mair, doedd o'n neb, doedd o'n golygu dim, mi ddudodd yr
HGB wrtha fi na toedd o'n ddim, na toedd hi'n ddim, dydi
dy ferch di'n neb, nac yn ddim byd o gwbwl o gwbwl

a fi wedyn yn deud 'bechod' wrth Mair.

A 'mai i ydi o wrth gwrs am beidio mynd, am beidio mynd
i gadw'r HGB dan reolaeth, ar 'i dennyn – mi fysa Delyth
wedi cael bod yn rhywun, wedi cael bod yn fwy na neb a
dim, taswn i wedi bod yno rhyngthan nhw.

Ond ma gas gin i betha fela, er bod Sbrec yn neud y tro
rhwng naw a phump ac yn 'y nghyfri banc i, ond gas gin i
rw blydi partïon i sbynjars a wêstars y wagen glai o sianel
goc sy gynnon ni i strytio'n tina yng ngwyneba'n gilydd, i
rwbio'n tetha'n nhetha'n gilydd – ylwch arna i, TYDW i'n
gês, TYDW i'n rhywun (TYDW i'n *blentyn* i rywun ti'n

78

feddwl, a ddim yn neb i neb fatha Delyth) – to'n i'm isio mynd, oedd well gin i slab o joclet

well na secs

a'r jôc ydi – ia, yr un go iawn – ydi mai mond blydi secs ydi o, dio'n golygu dim – fo oedd yn iawn: *does* 'na'm otsh

ond wna i ddim deud hynny wrtho fo, o na, raid iddo fo wbod bod o'n golygu *pob* dim, achos tro nesa

tro nesa, ella cofith o mai cwdyn o grycha a nyrfs a hwylia drwg sy gynno fo adra, a wir, ella tynnith o'i sbectol bob dydd a gwisgo'i sbectol goch tro nesa

felly raid iddo fo bob amser feddwl 'i fod o i gyd i neud efo secs er bod fynta fel finna ddim yn gosod secs yn agos i'r deg peth pwysica erbyn hyn

na'r can peth pwysica ella

ma faint o stremps past dannedd sy ar y sinc yn llawar, llawar pwysicach na secs

ag ar y top, reit ar y top un

ma'r diflaniad, y crebachiad tuag at y dim byd, fo a fi ar wahân, am mai fesul un ydan ni, fo lawn mor ar wahân â finna a thwyll ydi perthynas a phob gair, cyffyrddiad, edrychiad rhwng dau, rhwng unrhyw ddau, yn cuddio'r un, yr unig, yr ar fy mhen fy hun

ac yn lle deud hyn i gyd wrth ein gilydd, dan ni'n deud y petha sy'n brifo er mwyn cael ein brifo nôl, a be sy na i ddeud mewn gwirionedd

('dwi ofn' medda hi

'dwi ofn' medda fo

nid peth i ga'l 'i ddeud ydi'r ofn, mae o'n rhy fawr i ga'l 'i ddeud)

ac yn lle hynny, 'dos o dan draed,' medda fi wrtho fo fatha

taswn i'n hel ci o'r tŷ 'a chau dy hen geg, ti'n troi arna fi' ac edrychiada sy'n deud mwy na geiria 'jyst ffyc off a gad lonydd i fi' y ddwy ffordd, fi ato fo, fo ato fi

a dwi'n meddwl weithia'n bod ni'n brifo'n gilydd fel 'ny am na fedran ni ddirnad yn iawn pwy 'di'r person newydd 'ma, yr hen berson newydd 'ma, sy wedi cymryd lle'r un ddisgynnis i mewn cariad â hi, â fo, mewn oes arall

be mae o'n neud 'ma, be ma hi'n neud 'ma?

(a dyma fyswn i'n deud yn lle'r petha sy'n brifo:

'COFLAID swn i'n licio, rŵan ac yn y man, Elwyn, fathag o'r blaen, a dallt a gwbod a derbyn fy mod i, dy fod di, yn mynd yn hen, yn troi'n Mam, yn mynd i beidio bod

toc

tic toc

a gwbod, Elwyn! 'Y nghariad i! Na neith 'na'r un trôffi stopio'r atroffi, nei di'm o'i stopio fo, nei di'm stopio'r bol, y fflab, y gwallt gwyn, y rhycha, yr hylltod ynot ti dy hun

nac ynof inna, a'r cwbwl dwisho neud ydi gafal ynot ti, dy wasgu di'n dynn, i ga'l gwarad ar y myll tu mewn i mi, ar y coch, dy dynnu di i mewn i mi, i dy gysuro di na tydi rei petha'm yn werth gwylltio amdanyn nhw wedi'r cyfan,

y cyfan dwisho ydi dangos i chdi sut ma tyfu i garu'r rhycha

a chodi'n penna a chau'n llygaid am eiliad at haul Gorffennaf a'u hagor nhw wrth i blu eira Rhagfyr gosi'n hamrannau, neu ddelwedd dreuliedig gyffelyb).

Raid ma'r ffag sy'n gneud i 'mhen i droi.

'Duw, gad iddi,' medda Arianrhod yn rhwla o 'nghwmpas i am Delyth, 'mi ddysgith o'i mistêcs.'

80

Yn lle'i hateb, er mawr syndod i mi, mae Mair yn estyn ei llaw allan am fy sigarét.

'Plant,' medda fi eto, gan feddwl am yr HGB a Delyth.

Dwi'n dal fy hun yn ceisio dychmygu mor braf fyddai teimlo pluen eira yn cosi fy amrant.

Ac fel pe bai rhywbeth tebyg i bluen eira yn cosi ei llwnc hithau, mae Mair yn llyncu mwg a pheswch. Mae'n tynnu ar y sigarét un waith eto cyn ei hestyn yn ôl i mi.

Wrth basio'r stafall molchi neithiwr, welodd o mona fi'n sbio drw grac ochr yr hinjys o'r drws arno fo â'i gefn ata i'n ista ar y cwpwr bach tampons ac Anusol o flaen y toiled heb weld 'i wynab o mond 'i gefn a'i sgwydda fo'n

ysgwyd, ysgwyd igian beichio, dynynioedaiamsar, ac mi welwn 'i fysadd o o bobtu i'w dalcan o'n dal 'i ben yn dal 'i wallt o'n wyn rhwnt 'i fysadd anhapus o

ag o'n i isio gofyn pam oedd o felly, prun ai euogrwydd, prun ai ofn oedd yn 'i neud o felly

a nesh i feddwl sna'm otsh, achos rwbath yn debyg ydi'r ddau, ma'n nhw'n dod o'r un lle

a fyswn i wedi gallu mynd ato fo, gafael yn y sgwydda i'w stopio nhw ysgwyd, gafal yn y bysidd i'w troi nhw'n hapus

ond fedrwn i ddim, na 'drwn, ddim neithiwr

a mond heddiw – rhedeg y petha ma allan ma rwun – dwi'n gweld y bysa'r crac yn nrws y stafall molchi, y crac bach welis i fo drwyddo fo, mond heddiw dwi'n hannar meddwl ella, ella,

fedran ni dorri'r crac yn agen fawr nes bod digon o le i wthio drwyddo fo, fi ato fo, fo ata i

a wedyn, i ni'n dau fynd i mewn i'r stafall 'na, y stafall ddiarth, dywyll 'na yng nghefn y tŷ, hefo'n gilydd.

Mae Arianrhod yn lluchio'i stwb, a dw' inna'n gneud yr un fath.

'*Nôl?*' gofynna Arianrhod. Mae Mair yn codi i fynd.

'*Nôl adra,*' medda fi, gan godi i ddilyn y ddwy.

HAF LLEWELYN

Ieir

Roedd hi wedi trio eu cael i mewn cyn mynd. Y pedair iâr. Fe ddaeth y tair goch yn ddidrafferth wrth iddi hi alw arnyn nhw. Roedd ganddi feddwl o'r ieir, roedden nhw'n gwmni da, er eu bod nhw weithiau'n mynd i'r ardd ac yn crafu'r blodau. Fedrai hi ddim bod yn rhy flin efo nhw.

'Jig, jig, jigos,' galwodd ac ysgwyd yr hen sosban fel bod yr india corn yn neidio'n swnllyd.

'Jig, jig, jigos,' a neidiodd y tair iâr dros y ffens fach bren, lle'r oedden nhw wedi bod yn crafu yn y gwely blodau, a rasio ar ei hôl yn ufudd.

'Dewch o'na yr hen ferched, dewch i mewn rŵan . . . rhai da ydach chi'ch tair, ond lle aflwydd aeth yr hen beth wen yna eto?'

Cymrodd gip dros ei hysgwydd rhag ofn fod rhywun yn ei gwylio. Roedd hi'n gwybod fod siarad efo'r ieir yn beth gwirion braidd i'w wneud, ond doedd ganddi neb arall i siarad efo nhw, felly doedd waeth iddi siarad efo'r ieir ddim. Roedd hi'n siarad efo hi ei hun hefyd, yn uchel bob bore, dim ond i wneud yn siŵr fod ganddi lais. Beth petai ei llais hi wedi diflannu yn ystod y nos? Efallai ei bod hi'n fud erbyn hyn? Doedd fawr o neb yn ffonio'r dyddiau hyn, dim ond ambell un yn trio gwerthu swiriant neu rywbeth tebyg. Mi fyddai hi'n siarad efo rheiny, yn ateb eu cwestiynau'n gwrtais, ac wedyn byddai ei thro hi i holi. Holi beth oedd eu henwau, oedd ganddyn nhw deulu. Dim ond ambell un fyddai'n ateb – y rhan fwyaf ohonyn nhw'n rhoi'r ffôn i lawr yn swta.

Felly i wneud yn siŵr fod ganddi lais – i sicrhau ei hun nad oedd hi'n fud, byddai hi'n siarad efo hi ei hun wrth edrych ar ei hadlewyrchiad yn y drych tra'n 'molchi.

'Wel Gweni, be sy 'di digwydd i ti dwêd? Ti'n heneiddio sti.' Wedyn mi fydda hi'n chwerthin – chwerthiniad dwtshyn yn felancolaidd. Wrth gwrs fod ganddi rychau ar ei hwyneb, a'i gwallt hi wedi britho a theneuo, on'd toedd hi ar drothwy ei phedwar ugain.

Ond fyddai hi ddim yn edrych rhyw lawer yn y drych wedyn, dim ond gwthio'r darlun i gefn ei meddwl a dod a llun arall, un ohoni yn llawer iau, i mewn i'w meddwl. A dyna fo, roedd hi'n barod am y diwrnod.

Roedd hi wedi cael diwrnod da heddiw, wedi bod yn brysur. Yr haul oedd yn codi ei chalon, ac roedd hi wedi medru golchi matiau'r llofftydd i gyd a'u rhoi ar y lein. Wedyn roedd hi wedi codi'r tywyrch oedd yn bygwth cau'r ffos wrth ymyl y cwt ieir, wedi ei llnau yn lân, fel ei bod yn gallu gweld y cerrig llyfn ar ei gwaelod. Roedd ei dwylo wedi crychu yn y dŵr oer, a phridd wedi ymwthio o dan ei hewinedd, ond roedd hi wedi gwneud joban dda. Gwenodd yn fodlon. Pedwar ugain o ddiawl, roedd hi mor heini ag erioed, broliodd wrthi ei hun, heblaw am y cnoi bach yna ar waelod ei chefn.

A chan ei bod wedi cael diwrnod cystal, roedd hi wedi penderfynu y byddai hi'n taro lawr i Bermo am *chips* i swper, neu hufen iâ efallai – doedd dim llawer o bwys – dim ond awydd mynd i olwg y môr oedd arni. Roedd hi wrth ei bodd yr adeg hon o'r flwyddyn – doedd y tymhorau ddim fel tae nhw'n gallu penderfynu pr'un 'tau gwanwyn neu ha' oedd hi. Ond roedd y byd yn ifanc, glân a siarp, fel afal gwyrdd a'i groen yn sgleinio.

Doedd y bobl ddieithr ddim wedi cyrraedd eto, rheiny oedd yn llenwi'r prom efo'i coitshys bach a phlant yn hongian oddi arnyn nhw fel rubanau, yn gweiddi, a dwrdio a chrio am eu bod nhw wedi colli eu hufen iâ i ganol y swnd. Gwenodd Gweni, roedd hi'n rhy gynnar yn y tymor i'r rheiny, a'r ysgolion yn dal ar agor, felly mi ddylai fod yn ddigon tawel yno.

Roedd hi angen gweld yr haul yn machlud dros y gorwel, a dim ond yn Bermo y gallai weld y sioe fawr i gyd. Byddai'n parcio ar y prom ac yn eistedd ar y wal i fwynhau haul diwedd y dydd. Byddai yna fachlud gwerth ei weld heno, draw am yr Eifl, a Phen Llŷn ar draws y bae. Ond roedd yn rhaid rhoi'r ieir i mewn gyntaf, rhag ofn y byddai hi'n dywyll cyn iddi ddod yn ôl.

'Jig, jig, jigos.' Galwodd wedyn a dilynodd y tair iâr goch hi at ddrws y cwt ieir, rhoddodd ei phen i mewn – arferiad oes – a chraffu heibio'r glwyd a draw at y nythod, rhag ofn fod yna rhyw hen anghenfil yn cuddio yno'n barod i larpio'r ieir. Yna, tywalltodd yr india corn i mewn i'r ddisgyl ar lawr y cwt, a symud i un ochr er mwyn i'r ieir gael swancio heibio iddi. Clwciodd y tair yn fodlon, a chaeodd hithau'r drws.

Yna aeth yn ôl i'r tŷ i chwilio am ei welis, byddai'n rhaid iddi fynd i lawr i'r gors i chwilio am y llall – yr iâr wen, yr hen het wirion iddi. Roedd yn rhaid i honno dynnu'n groes o hyd, fel plentyn penderfynol, yn gwrthod dod i mewn, neu'n mynnu clwydo allan, neu wrthod codi oddi ar y nyth. Rhywbeth i fod yn groes o hyd. Ond fedrai hi ddim ei gadael allan chwaith. Roedd hi'n hoffi diawledigrwydd yr iâr wen, a'i bod hi'n mynnu dilyn ei chwys ei hun.

Gwaeddodd arni, a chwilio'r llwyni a thynnu ei ffon ar hyd y ffos, ond doedd dim golwg ohoni. Mi roedd isho amynedd, meddyliodd. Bu wrthi'n chwilio am awr. Aeth â'r sosban india corn efo hi draw at y goedlan, rhag ofn ei bod wedi meddwl clwydo yn fanno. Galwodd eto a chodi ei ffon i symud y brigau, ond doedd dim golwg o'r iâr wen. Roedd ei hwyliau da yn dechrau diflannu. Os na fyddai'n mynd am Bermo rŵan, byddai'n methu'r machlud dros y bae.

'Dyna fo 'ta yr hen het wirion, gei di fod allan!' Galwodd eto, ond rhywsut roedd hi'n siŵr fod yr iâr yno'n rhywle yn ei gwylio yn stryffaglu yn y drain a'r mieri, yn ei chlywed yn gweiddi, ei llais yn codi ar yr 'o' yn y 'jigo jigo jigooooos'. Roedd hi'n ei gwylio o ben rhyw gangen yn rhywle ac yn gwenu wrthi ei hun. Wel, fyddai hi ddim yn gwenu tasa'r llwynog yn dod o hyd iddi.

Rhuthrodd Gweni yn ôl at y tŷ. Brysiodd i newid i'w sandalau ysgafn, cipio ei bag, rhoi un cip arni ei hun yn y drych, cribo ei gwallt, cydio yn ei chardigan ac i ffwrdd â hi.

Roedd Bermo'n dawel, a digon o le i barcio heb orfod mynd yn rhy bell ar hyd y prom. Diolchodd, doedd hi ddim eisiau gorfod cerdded yn bell i chwilio am *chips*, roedd y gwaith o glirio'r ffos yn dechrau dangos ei ôl, ac roedd hi'n cael trafferth sythu. *Chips* fyddai orau, roedd yr awel dal braidd yn fain, ac roedd hufen iâ yn gwneud i'w dannedd fynd yn rhyfedd weithiau. Ia, *chips* amdani.

Clodd y car, ac anelu am y siop ar y gornel, honno fyddai hi a'r plant yn mynd iddi ers talwm. Pasiodd yr *amusements* a'r ceffylau bach a'r stondinau candi fflos, roedd rheiny'n dal ynghau. Pasiodd y tai a sylwodd ar yr enwau; roedd yna fwy a mwy o rai dieithr yn ymddangos pob blwyddyn: Anchor House, Sandpiper. Doedd dim llawer o bwys ganddi am y rhan fwyaf ohonyn nhw, ond pan welodd hi'r Sea View, daeth amheuaeth drosti. Edrychodd yn graff ar y drws, un plastig gwyn, a phansis melyn a gwyn bob yn ail ar hyd y llwybr. Sut bobl oedd yn byw yn Sea View tybed? Diddychymyg. Doedd hi ddim yn hoffi'r enw Gwêl y Môr rhyw lawer chwaith. Oedden nhw'n gweld y môr? Dim ond cip ohono wrth ymestyn eu gyddfau nes bod eu talcenni'n sownd wrth wydr ffenestr ucha'r atig. Enw gwirion. Ond doedd Sea View yn gweld dim byd ond yr *amusements*.

Roedd golwg bach digon truenus ar y siop *chips* hefyd, meddyliodd. Doedden nhw ddim wedi manteisio ar y tywydd braf i roi sgwrfa iawn i'r lle. Biti drostyn nhw, methu cael amser roedden nhw, mae'n rhaid. Dringodd y grisiau i gyrraedd y drws, drws glas efo lluniau pysgod yn nofio drosto, pysgod oren a melyn llachar. Roedd rhywun wedi bod wrthi'n tyllu llygaid y pysgod oddi yno ac wedi sgriffio enwau dros y drws:

Jason 4 Amy, a *Corri luvs Bri, Sandy u slag.*

Arhosodd am funud i edrych ar yr enwau. Difyr. Fe
grafodd hi ei henw unwaith tu ôl i'r fainc yn yr ysgol, bu'n
poeni am wythnosau fod Mr Jones am ddod o hyd iddo, ond
wnaeth o ddim. Roedd hynny flynyddoedd yn ôl bellach,
ond roedd hi'n dal i gofio. Wrth gau ei llygaid a
chanolbwyntio, gallai ddal i arogli'r farnish yn codi wrth
iddi grafu, ogla llychlyd wnaeth aros y tu mewn i'w thrwyn
hi am ddyddiau.

Agorodd y drws, a chwilio'r fwydlen ar y wal, bwydlen
fawr mewn sgwennu coch, bwydlen ddryslyd efo gormod o
ddewis. Gallai hi gael pysgodyn, cacen bysgod, sosej, cyw
iâr – hanner cyw iâr hyd yn oed, neu ddarnau o gyw iâr
bach – chwech ohonyn nhw. Cofiodd am yr iâr wen, a
phenderfynodd yn erbyn cyw iâr. Fedrai hi ddim meddwl
beth roedd hi eisiau wir.

'*Next.*' Galwodd rhywun o du ôl i'r cownter.

Camodd Gweni tua'r cownter uchel. Pam fod angen
cownter mor uchel ar siopau *chips*? Prin y medrai weld
heibio ei dop o gwbwl, a fedrai hi byth estyn am y ffyrc
pren. Ond dyna fo, cysurodd ei hun, fyddai hi ddim angen
fforc bren beth bynnag. Roedd teimlad y fforc bren yn ei
cheg yn mynd trwyddi, fel gwich, neu ewin ar baent. Roedd
yn well ganddi hi'r ffyrc plastig glas yna, ond doedd
ganddyn nhw ddim rhai felly. Byddai'n bwyta ei *chips* efo'i
bysedd. Estynodd am syrfiét papur o'r bocs.

'*Yea?*' Holodd llais o'r ochr draw, a daeth wyneb merch
ifanc i'r golwg, ei gwallt tywyll fel petai wedi ei ludo ar ei
phen, a'i llygaid wedi eu duo ac yn ffurfio llinell oedd yn
troi ar i fyny yng nghornel ei llygaid, fel un o'r merched yna

o'r Aifft yn yr enseiclopidia ers talwm: hi oedd Cleopatra'r siop *chips*.

'*Chips* plis,' meddai.

'*Small or medium?*'

Doedd hi ddim yn cael cynnig yr un mawr, sylwodd Gweni. Cymrodd gip ar y fwydlen goch eto, a daeth rhyw gythral drosti. Roedd *chips* canolig yn bunt a saith deg ceiniog, a dim ond dwy bunt oedd yr un mawr.

'*Small or medium?*'

Doedd hynny ddim yn iawn, be wyddai Cleopatra nad oedd yna rywun arall yn aros amdani ar wal y prom allai rannu'r *chips* efo hi?

'*Large.*' Meddai Gweni'n herfeiddiol. Gallai fynd â'r gweddill adre i'r ieir os na fyddai wedi medru eu bwyta i gyd.

'*Salt and vinegar?*'

Nodiodd Gweni, gwyliodd y ferch yn lapio'r pecyn yn daclus. Rhoddodd ddwy bunt ar y cownter a diolch iddi. Gwenodd y ferch.

Aeth Gweni yn ei hôl at y car, y pecyn *chips* yn gynnes a chysurlon yn ei dwylo. Rhoddodd ei bag yn ôl yn y car, rhoddodd y radio ymlaen a gadael ffenestr y car ar agor iddi gael clywed y gerddoriaeth. Yna taenodd ei chardigan ar y wal ac eistedd yno'n wynebu'r môr. Roedd yr haul yn dechrau ffurfio'n belen goch draw am Lŷn, a'r môr yn llonydd fel clogyn sidan llwydlas. Byddai'n aros i weld y sioe i gyd, y belen yn ffurfio'n fwy solat fel roedd o'n agosáu at y gorwel, cyn suddo fesul ffracsiwn yn raddol i'r gorwel. Agorodd y pecyn *chips*, roedden nhw'n dal yn boeth, boeth, a'r halen i'w weld yn grisialau bach ar eu pennau. Roedden nhw'n dda, blas heli a haul arnyn nhw, blas ers talwm, pan oedd ei llun yn y drych yn ifanc a thlws.

Tynnodd ei sandalau, roedd arni awydd rhoi ei thraed yn y tywod, teimlo'r gronynnau bach yna rhwng bysedd ei thraed. Roedd y tywod yn oer, ond yn braf ar ei gwadnau. Gadawodd ei chardigan ar y wal, a chrwydro draw am y dŵr, y *chips* yn cadw ei dwylo'n gynnes.

Gwyliodd ddau ifanc yn dod draw o gyfeiriad y dre. Bachgen a merch, y ddau yn cerdded a'u pennau i lawr yn gwylio'u traed, y ddau mewn trafodaeth ddofn. Craffodd Gweni – y ferch yn y siop *chips* oedd hi, Cleopatra – roedd hi wedi adnabod y gwallt tywyll. Gwyliodd y ddau, a gallai weld y bachgen yn chwifio ei ddwylo, yn aros am funud ac yn defnyddio ei fys i bwysleisio rhyw bwynt yn yr awyr. Daliai'r ferch i edrych ar y tywod, heb godi ei phen. Doedd pethau ddim yn dda, meddyliodd Gweni. Gallai adnabod yr arwyddion yn eu hystum. Fo oedd yn dwrdio, neu'n gwneud y ffraeo, a hithau'n dawel, bwdlyd, yn gwrthod cymryd yr abwyd. Teimlai Gweni drostyn nhw. Ffrae cariadon ifanc, dyna'r cwbwl, mae'n debyg. Gwyliodd y bachgen yn troi ar ei sawdl ac yn rhuthro yn ei ôl ar draws y traeth, a'i gadael hi i ddilyn trywydd y lli ar ei phen ei hun.

Aeth Gweni yn ei hôl i eistedd ar y wal, roedd y *chips* yn dechrau oeri. Dyna pryd y sylwodd fod gwylan anferth wedi dechrau ei llygadu.

'Dos!', gwaeddodd.

Aeth yr wylan yn ei hôl gam neu ddau, ond daliai i lygadu'r pecyn yn llaw Gweni, yna mentrodd yn nes eto.

'Shw!' Cododd Gweni a dyrnu ei thraed ar y tywod, ond dal i nesu wnaeth yr wylan, ei llygaid bach craff yn ei gwylio, yn tyllu i mewn i'w meddwl, yn ceisio dirnad ei symudiad nesaf. Cododd Gweni un o'i sandalau, a'i thaflu at yr wylan, edrychodd yr wylan yn hurt ar y sandal, cydio ynddi efo'i phig mawr cryf a'i gadael ar y tywod. Agorodd ei phig i roi un sgrech aflafar. Chwerthiniad afiach oedd y sŵn, meddyliodd Gweni. Roedd hon yn chwerthin am ei phen. Cofiodd am yr iâr wen – roedd honno hefyd wedi cael hwyl am ei phen. Doedd hynny ddim yn iawn. Dau aderyn pluog yn ei gwatwar fel hyn.

'Dos o'ma!' Gwaeddodd wedyn, a chychwyn tuag at yr wylan. Roedd yn rhaid cael ei sandal yn ôl, ond doedd hon ddim am symud, roedd hi'n sefyll yno uwch ben y sandal yn crechwenu. Doedd Gweni ddim am fentro'n nes. Doedd hi ddim yn siŵr beth i'w wneud nesaf, cymrodd un jipsan arall, ond roedden nhw wedi dechrau troi arni.

Yna sylwodd fod yr haul wedi mynd i lawr, ac roedd hi wedi methu'r sioe, wedi methu gweld y belen goch yn diflannu pob yn dipyn. Roedd hi wedi bod yn rhy brysur yn poeni am yr wylan i sylwi ar y machlud. Roedd y *chips* yn hollol oer, a'r siom yn dechrau setlo'n gyfog yn ei stumog. Ochneidiodd, roedd hi bron iawn â chrio, ond rhoddodd gerydd distaw iddi hi ei hun am fod mor wirion.

'Ti'm i fod i grio am dy fod ti wedi methu'r machlud, siŵr iawn,' meddai wedyn yn uchel.

'You ok?'

Trodd yn sydyn, i weld y ferch siop *chips* yno'n edrych yn od arni.

'Did the gull get your chips?' holodd wedyn. *'I hate them I do, bloody scavs.'*

91

'No.' Dangosodd Gweni'r pecyn yn ei llaw. *You were right though, I didn't need the large portion.'*

Cododd y ferch ei dwylo a dechrau rhedeg at yr wylan, gan godi ei llais yn oernadau, chwifiodd ei chôt ac erlid yr wylan, nes i honno gael digon a mynd i chwilio am rywun arall i'w boeni. Cydiodd y ferch yn y sandal a'i hestyn i Gweni.

'There you go, love,' meddai wedyn a gwenu'n swil ar Gweni.

'Is that your boyfriend?' Doedd Gweni ddim wedi meddwl holi, ond doedd hi ddim yn gwybod beth arall i'w ddweud, ac edrychodd draw, draw i ben draw'r traeth, lle gallai weld smotyn o'r cariad yn diflannu.

'My boyfriend, he's a scav too, just like the gull, full of shit.'

Wyddai Gweni ddim beth i'w ddweud wedyn – dim ond diolch iddi am y sandal. Trodd y ferch am y môr, a gwyliodd Gweni hi'n mynd yn sionc. Roedd yn well iddi heb y cythraul yna meddyliodd, er na wyddai ddim am y bachgen, ond diolchodd nad oedd golwg o'r smotyn cariad ar ôl ar y traeth, na'r wylan chwaith.

Cododd weddillion y *chips* yn y pecyn a'u rhoi yn ofalus ar lawr y car tu ôl i'r sêt. Hogan iawn oedd Cleopatra, meddyliodd, pan ddeuai i lawr nesaf mi fasa hi'n cymryd *chips* bach, fel yr oedd hi wedi ei awgrymu. Roedd hi'n gobeithio na fyddai hi'n cael helynt gan y smotyn cariad hwnnw.

Rhoddodd Gwenni ei chardigan yn ôl amdani, roedd y gwynt yn codi. Gyrrodd yn ei hôl ar hyd ffordd yr arfordir gyda'r awyr yn dal yn gymysgfa gynnes o borffor a choch.

Roedd hi wedi mwynhau ei hun er gwaethaf yr wylan, byddai'n dod â ffon efo hi tro nesaf, neu'n casglu cerrig a'u cadw'n rhes ar y wal wrth ei hymyl, yn barod i'w taflu. Fyddai'r un wylan yn cael y gorau arni *hi* eto, nac yn codi ofn arni. Chwarddodd yn dawel, hen ddynes wirion yn gadael i wylan godi ofn arnat ti, meddyliodd, ac addunedodd i fod yn llawer mwy dewr yn y dyfodol.

Parciodd y car yn ôl yn y garej, roedd hi bron yn dywyll, a dechreuodd feddwl am yr iâr wen. Lle'r oedd hi tybed? Roedd hi'n poeni amdani erbyn hyn. Oedd hi'n ddiogel? Oedd hi wedi clwydo'n ddigon uchel? Roedd yna bla o lwynogod o gwmpas, yn daearu yn y graig uwchben y tŷ. Cododd y dortsh o gefn y car, ac aeth i nôl ei ffon o'r tŷ, byddai'n rhoi un tro arall i chwilio. Yna cofiodd am y *chips*, ac estynnodd y pecyn oer er mwyn mynd â fo o dan y bwced wrth ymyl y cwt ieir. Byddai'n eu rhoi i'r ieir yn y bore. Cododd y dortsh a disgynnodd y golau ar siâp gwyn yn eistedd fel delw ar ben y cwt. Roedd hi wedi dod yn ei hôl felly. Chwarddodd Gweni.

'Hy! Go lew o ddewr wyt titha hefyd yn te?' sibrydodd, doedd hi ddim am ddeffro'r iâr. Cydiodd yn dyner ynddi a'i gwthio i mewn i'r cwt at y lleill.

Roedd hi wedi bod yn ddiwrnod braf eto, ac oherwydd na welodd hi'r machlud yn iawn echdoe, roedd Gweni yn benderfynol o fynd i lawr yn ei hôl i eistedd ar y prom. Roedd yr ieir i gyd wedi eu cau, pob un wedi dod yn ufudd i'r cwt. Doedd hi ddim yn siŵr os oedd hi angen *chips* o gwbl heno, ond roedd yr ieir wedi eu mwynhau nhw. Aeth draw at y siop, ond roedd y drws glas ynghau a'r pysgod dall yn edrych yn fwy trist nac arfer. Aeth yn ei blaen i'r siop nesa. Roedd gwell graen ar hon, y ffenestri wedi eu sgleinio, a'r arwydd newydd yn barod am y tymor gwyliau.

Aeth at y cownter, roedd gan rhain ffyrc plastig lliwgar hefyd, cododd ddwy, byddai'n cadw un yn ei bag at eto.

'*Chips* mawr,' mentrodd, a tharo ei dwy bunt ar y cownter. Cydiodd yn y pecyn cynnes, a phrysuro draw at y prom. Roedd yr haul yn belen goch solat, a'r gorwel yn aros yn amyneddgar i'w lyncu.

Craffodd, roedd rhywun yn eistedd ar y wal wrth y car. Daeth hithau i eistedd wrth ei hymyl. Cleopatra oedd yno. Rhoddodd Gweni'r pecyn yn y canol rhyngddynt. Wedi'r cwbl, roedd *chips* mawr yn llawer gormod i un.

RHIAN OWEN

'New U'

Wedi cael *voucher* yn bresant pen-blwydd gan y ferch roeddwn i, ac wedi'i gadw'n y drôr ers misoedd.

"Da chi wedi gwario'r *voucher* 'na bellach, Mam? Mi fydd y dyddiad arno wedi mynd heibio os na wnewch chi.'

Wrthi'n cael panad yn y gegin gefn roeddan ni'n dwy, a hithau wedi sylwi ar y cylchoedd du o gwmpas fy llygaid. Fedrwn i ddim meddwl sôn wrthi am fy apwyntiad arall.

'Tritiwch eich hun,' medda hi gan estyn goriadau ei char o'i bag. "Da chi'n haeddu, yn tydi, Dad?'

'Be?'

'Haeddu trît.'

'Ydi, 'mechan i,' medda yntau gan blygu'i bapur newydd wrth sylweddoli ei bod ar gychwyn.

Peidio â mynd o flaen gofidiau, dyna oedd Wil wedi ei ddweud ar ôl i mi fod at Dr Edwards.

A dyma ni'n cario 'mlaen efo'n bywydau bach bob dydd heb sôn am y peth wedyn, yn union fel tasa ni'n hwylio llong i'r harbwr heb holi am ei chargo.

Dyna pam wnes i nôl y *voucher* o'r drôr y noson honno a'i osod mewn lle amlwg.

'Out of sight, out of mind' oedd Nerys wedi ei ddweud. Hi oedd yn iawn.

Wrth ei osod i bwyso yn erbyn y jwg ar y *dressing table,* sylwais ar fy wyneb yn y drych. Roedd cysgodion tywyll o dan fy llygaid. Trois fy mhen ar ogwydd. Tybed oedd fy mochau yn pantio? Oeddwn, roeddwn yn edrych braidd yn welw, ond efallai mai fy ngwallt gwlyb oedd yn pwysleisio hyn.

Gallwn glywed sŵn y gêm bêl-droed yn uchel ar y teledu wrth i mi groesi'r *landing* i nôl lliain o'r cwpwrdd. Fe'i lapiais yn dynn rownd fy mhen. Clywn Wil yn ebychu a bytheirio. Caeais ddrws y llofft. Roedd hi'n ddiogel i mi sefyll o flaen drych y wardrob. Syllwn ar fy llun o'm corun i'm sawdwl, roedd fy nresing gown yn pwysleisio siâp fy mronnau. Doedd dim byd i'w weld o'i le. Dim. Dyma fi'n rhoi fy llaw o dan y sidan a symud fy mysedd o ochr i ochr. Doedd dim gwadu. Gallwn ei deimlo. Lwmp fel eirin perthi o dan groen fy mron. Roedd yn mudlosgi a chylchoedd ysgafn o bigiadau poenus yn ymledu fel glaw ar wyneb pwll.

Gorweddais ar y gwely a syllu ar y nenfwd patrymog. Sut baswn i'n edrych heb fron? Fasa pobl yn sylwi? Be fasa Wil yn ei feddwl o ddifri? Allwn i ddim peidio â dychmygu ffurf y graith. Fe'i dychmygwn mor amlwg.

Yn sydyn, agorodd y drws.

'Dwi'n gwneud panad. Ti isho un?'

'Argian, wnes di fy nychryn!' medda fi. 'Ia, ddo' i yna ar ôl sychu 'ngwallt. Be ddigwyddodd?'

'Colli un-dim.'

Tynnais y lliain. Roedd fy ngwallt fel nyth brân, bron yn sych. Teimlwn fod y boen o'i gribo'n rhyddhad.

"Sdim isho ti boeni 'sti,' meddai Wil pan ddois am fy mhanad, 'maen nhw'n medru gwneud gwyrthia heddiw – tasa rhywbeth yn bod dw i'n feddwl.'

'Deud ti,' medda finnau.

Mi wna i apwyntiad fory yn y Salon, medda fi wrthyf fy hun.

◆

Lwcus, roedd dwy wedi canslo apwyntiad y pnawn hwnnw. Sâl, medda Gill. Glaw, meddyliais innau. Dyna pam y ces i le mor handi i barcio yn y stryd gefn hefyd. Er gwaetha'r glaw, roeddwn yn falch o'r hwd dros fy mhen rhag imi orfod siarad â neb ar y ffordd. Diwrnod i mi oedd hwn.

Roedd hi'n pistyllio bwrw pan gyrhaeddais ddrws y Salon.

'Alwen fach, 'da chi'n socian! Dowch â'ch côt i mi,' meddai'r llais fel y croeswn y trothwy.

Estynnodd y ddynes hangyr a chadw 'nghôt yn y cwpwrdd.

'Steddwch, Alwen fach, gwnewch eich hun yn gartrefol,' meddai gan fy nhywys at y soffa ledr.

'Be gymrwch chi, cariad: te neu goffi? Mae gen i jiws *cranberry* neu oren os 'di well ganddoch chi rywbeth oer?'

Diflannodd hithau i'r cefn. Gafaelais mewn pamffledyn o'r arlwy oedd ar y bwrdd a chael cipolwg sydyn arno. Triniaethau. Hen air atgas, ond o leiaf roedd y disgrifiadau o'r gwyrthiau honedig yn galondid.

'Gill dwi,' meddai'r ddynes pan ddaeth yn ei hôl a gosod mwg o goffi ar y bwrdd bach o'm blaen.

'Mi wnaethom ni siarad ar y ffôn bore 'ma. Fi fydd eich *therapist* heddiw.'

Un frwdfrydig oedd Gill. Wrth iddi drafod y dewisiadau ar gyfer y *facials*, ysgydwai'r breichledau arian ar ei garddyrnau, a'i hewinedd coch yn amenio wrth iddi bwysleisio'i safbwynt.

Tua'r un oed â mi oedd hi, yn ôl ei sgwrs, ond edrychai'n fengach. Roedd pob blewyn o'i gwallt du yn ei le, ei chroen yn llyfn a'i cholur yn cuddio pob brycheuyn yn gelfydd. Edrychai ar ôl ei siâp hefyd.

'Mi fydda i'n nofio bob bore ac yn mynd i'r *gym* deirgwaith yr wythnos. Corff iach, meddwl iach!'

A dyma hi'n sgriblio'i rhif ffôn ar gefn cerdyn y Salon, rhag ofn y baswn i eisiau cwmpeini i fynd yno.

"Da chi wedi gwneud y dewis iawn. Yr un *non-surgical* sy'n *ideal* i be 'da chi isho,' meddai wrth baratoi i dylino fy nghroen.

Wrth iddi fwytho fy wyneb â'r hylifau, chwaraeai miwsig cefndirol yn ysgafn. Gallwn arogli'r perlysiau. Dychmygwn gaeau lafant Ffrainc . . .Wil a minnau'n cerdded law yn llaw . . . sŵn tonnau . . . Nerys yn fechan . . . ar lan y môr . . .

Tawelwch. Neb yno. Codais ar fy eistedd. Roedd awr a hanner wedi mynd heibio.

'Mae hi wedi stopio bwrw rŵan, beth bynnag,' medda Gill wrth nôl fy nghôt.

'Diolch i chi,' meddwn i.

'Wela ni chi'n fuan, gobeithio.'

◆

'Mi wnaiff y car y tro'n iawn lle mae o,' medda fi wrth Wil, oedd yn meddwl ei symud yn nes at y drws o weld yr arwydd 'Mynedfa'. Wnaeth o ddim dadlau.

Pan gyrhaeddon ni'r dderbynfa fe'n cyfeiriwyd ar hyd coridor hir i'r ystafell aros. Yno roeddem i roi'r llythyr apwyntiad mewn blwch wrth y drws.

Drwy drugaredd, roedd dwy sêt gyda'i gilydd rownd y gornel i'r cownter te a choffi. Roeddwn wedi taflu papur newydd dydd Sul i fy mag, er mwyn i Wil gael darllen ei weddill, rhag ofn y byddai angen rhywbeth i'w ddarllen. Roeddwn wedi amau'n iawn, cylchgronau i ferched oedd ar y bwrdd, a'r rheini wedi eu hen fyseddu. Codais un. 'Summer's Coolest Swimwear', meddai'r teitl uwchben y lluniau lliwgar. Fe'i teflais yn ei ôl i ben y bwndel.

Eisteddai pawb yn glystyrau mud, fel cyfarfod o'r Crynwyr. Merched o bob oedran. Roedd y rhan fwyaf gyda'u gwŷr neu'u partneriaid, yn yfed te a choffi, yn smalio darllen. Rhai ifanc yn chwarae â sgrin eu ffôn.

'Alwen Roberts,' meddai'r nyrs.

Codais. Wnes i ddim sylwi fod Wil wrth fy nghwt wrth gamu i mewn i'r ystafell fach.

'Dos i nôl te neu rwbath, does dim angan i ti fod hefo fi rŵan,' medda fi.

Winciodd y nyrs arno.

Sais digon clên oedd y doctor. Eglurodd y broses. Roedd am fy archwilio, yna roeddwn i fynd hefo'r nyrs i gael mamogram. Yna, cawn fy ngalw yn ôl ato.

Gwisgais y gŵn, a dilyn y nyrs ar hyd y coridor gan gario fy nillad mewn bag, heblaw fy nghardigan a hongiai yn llipa dros fy 'sgwyddau. Er y gwres teimlwn yn oer, oer a diymadferth.

'Lle ti 'di bod?' medda Wil pan ddois i'n ôl, a dyma fi'n sylwi ar y straen ar ei wyneb.

'Mamogram,' medda fi, 'mangl o beth. Fuo jyst i mi â llewygu. Dwi'n dŵad yn ôl fel dyn tro nesa.'

'Ti isho panad?'

Wil druan.

Sylwais fod hanner y merched yn gwisgo'r un fath â fi. Telais fwy o sylw i'r nyrs pan oedd hi'n galw'r enwau. Roedd y rhai a oedd yn gwisgo gynau yn mynd yn ôl i'r ystafell at y meddyg, mae'n rhaid.

A dyma pryd y sylwais arni. *Hi* oedd hi'n bendant, yn eistedd rhwng dau. Dyn tal un ochr iddi, a merch ifanc a afaelai yn dynn yn ei braich, yr ochr arall.

'Gill Daniels,' meddai'r nyrs.

Cododd hithau. Aeth drwodd at y meddyg.

'Panad hefo siwgwr ynddi,' medda Wil.

Cydiais yn ei law a'i gwasgu.

Fuodd y meddyg fawr o dro yn fy archwilio. Roedd y mamogram yn cadarnhau nad oedd dim i boeni yn ei gylch, meddai, ond roedd am wneud yn hollol siŵr, medda fo, ac am gynnal *biopsy* o'r lwmp.

Estynnodd y nodwydd bwrpasol. Caeais innau fy llygaid. Dychmygais fiwsig ymlaciol. Meddyliais am gaeau lafant yn Ffrainc a sŵn y don yn llepian y creigiau, a minnau'n llong wag yn siglo'n araf.

'Cewch wisgo'ch dillad yn ôl,' meddai'r nyrs, 'a mynd yn ôl i'r *waiting room*.'

'Be, cha'i ddim mynd adra?'

'Cewch siŵr, ond mi fyddwch yn cael y canlyniada o'r lab cyn i chi fynd.'

'Heddiw?'

Eisteddai Wil a minnau yn ein cornel. Er bod y papur newydd yn ei law, gwyddwn nad oedd o yn ei ddarllen. Hir pob aros, meddyliwn. Bob hyn a hyn clywn y nyrs yn galw'r enwau. Roedd y rhai a elwid am y tro cyntaf yn dychwelyd i'r ystafell aros yn eu gynau, y rhai a elwid am yr eildro yn dychwelyd wedi eu gwisgo yn eu dillad eu hunain. Pob un yn anelu am eu lloches, eu sêt. Pob llygad yn osgoi edrych ar neb arall.

'Gill Daniels,' meddai'r nyrs.

Cododd Gill. Cododd y dyn tal a'r ferch ifanc. Caeodd y drws ar eu holau.

'Welis ti'r ddynas smart 'na? Gill, dynas y Salon oedd honna.'

'Naci!' medda Wil wedi ei syfrdanu.

Agorodd y drws. Daeth y drindod allan. Cododd Gill ei phen ac edrych yn syth arna i. Am eiliad roedd ein golygon yn gwlwm cyn iddi ruthro allan.

Fu dim rhaid i mi wneud bwyd ar ôl mynd adra. Mynnodd Wil gael *take away* a photel o win coch, fy ffefryn. Es inna am gawod a newid fy nillad.

'Roedd hwn ar lawr yn y car,' medda Wil pan ddaeth yn ei ôl â llond ei hafflau. 'Ydi o'n bwysig?'

Cerdyn Salon New U oedd yn ei law. Es â fo i'r llofft a'i osod yn erbyn y jwg. Fedrwn i ddim meddwl am ffonio'r rhif ar ei gefn.

'Ddim heno,' medda fi.

NON TUDUR

Y Môr Goleuni

Edrychodd dros ei hysgwydd am y deugeinfed tro y bore hwnnw, a gweld ymchwydd y don yn nesáu. Roedd hon yn un dda.

Teimlodd bob cyhyr yn dawnsio. Dechreuodd droi ei breichiau fel melin ddŵr bob ochr i'r bwrdd syrffio, gan gyflymu'n raddol er mwyn gallu aros yn ei hunfan a pheidio â chael ei llusgo'n ôl gan rym y don. Roedd yn barod amdani.

Wrth synhwyro bod y don ar fin taro a chodi'n grib uchel y tu ôl iddi, sadiodd ei dwylo ar y bwrdd a chodi rhan uchaf ei chorff yn osgeiddig cyn llamu fel ewig ar ei deudroed, y naill o flaen y llall.

A syrffiodd, yr unig frycheuyn i'w weld ar wyneb y dŵr o un penrhyn i'r llall.

Mae'r adar drycin yn ei llygadu o'r clogwyni, ond gadael llonydd iddi maen nhw.

Petaech yn dod i'w hadnabod dros beint, fe allech chi daeru taw merch yr haf yw Gwen.

Mas ym mhob tywydd. Yn y môr yn dadebru wedi'r noson gynt, tra bod yr ynysoedd yn dal i wisgo tarth y bore. Yn gwrthod mynd i glwydo yn y nos nes bod y sêr eu hunain yn dylyfu gên. Yn gorweddian ar glogwyni; yn gryg mewn gŵyl. Fyddai hi ddim dicach mewn cawod drom, a'i thymer ar ei orau gyda chywely mewn pabell yn y glaw, a sŵn curiadau miwsig am y clawdd â hi. Un a fyddai'n ymuno efo hwyl y criw mewn gardd gwrw ar ddiwedd prynhawn. Un a fuasai'n gwybod yr ail bennill petai rhywun yn estyn am ei gitâr.

'Ti'n syrffo? Wyt? Gwd thing! Fi'n byw yn y môr. Môr-forwyn sy'n gweitho *nine-to-five*! Dyna pam dwi lawr yma am yr haf . . .'

Parablu fel pwll y môr gyda dieithryn sydd ar dipyn o wyliau yn y dref, ar ŵyl banc olaf Awst, yn llymeitian seidr.

'Chi am fynd i ŵyl Clegyr fory? Mae e wir yn dda bob blwyddyn. Hwn yw *last blast* yr haf i bawb . . . er bod y tymor byth yn 'bennu yma os chi'n lyco neud pethe tu fas. 'Allech chi ddod mas ar y cwch gyda ni ddydd Sul. Fi'n gweithio gyda'r cwmni am o leia bythefnos arall.'

Yr haul a'r heli wedi lliwio'i gwallt a'i llygaid fel petaen nhw wedi eu cloddio o waelod y pwll glas enwog draw yn Abereiddi. Brychni haul fel cerigos y traeth ar ei thrwyn a'i bochau.

Merch yr haf yn ddi-os, a'i hafiaith yn gwneud i'r dyn wenu, a chytuno.

103

Weithiau, pan fo'r llanw mewn, bydd y llygaid glas yn tywyllu.

Lawr ar y traeth mae hi'n gostwng ei phen yn rhy hir i lygadu'r cerrig anwastad o dan ei thraed. Mae hi'n syllu'n hir ar y rhes o ogofâu duon ar hyd y penrhyn.

Wrth gerdded wedyn ar neges i'r dref, mae hi'n sylwi ar hŵ-hŵian digalon y durtur. Ar y sgwâr, mae hi'n clywed chwerthin cras yng nghrawc yr ydfrain yn y coed uchel.

Mi fydd hi'n dri deg chwech mlwydd oed ddiwedd mis Hydref, a dim ganddi i ddangos amdano ond llond pen llawn heli o atgofion. Dim byd i'w ddal, dim i'w anwesu.

Weithiau, bydd hi'n ysu am glydwch hunanol y gaeaf. Cuddio o dan haenau o wlân a cherdded â'i gwynt yn ei dwrn trwy'r bore barugog. Swatio ar y soffa o flaen y tân a gwylio ffilmiau o'r 1980au nes bod ei chluniau'n protestio. Bwrw'r Sul yn ei gwely heb i neb wybod ei hanes, a'i phen mewn nofel rad.

Weithiau, gallech chi daeru taw merch y gaeaf yw Gwen.

Mae hi'n camu o swyddfa'r post gyda'r papur swmpus – ei chymar Sadyrnol – o dan ei chesail, ac yn eistedd ar fainc yn yr ardd o dan y Groes. Mae'r haul ar ei waethaf ganol dydd, yn tywynnu'n ddidrugaredd arni.

Mae hi wedi hen arfer â'r teuluoedd amryliw sy'n glanio yn y dref bob haf fel pla o wylanod. Dynion mewn trowsusau llac a sandalau lledr. Mamau sionc yn dal plentyn yn un llaw a llyw beic yn y llall. Plant â'u cegau'n drwch o siocled.

O loches ei *Guardian*, mae hi'n synnu at un fam am

beidio ag estyn am facyn i'w sychu'n lân. Pryd mae hynny'n digwydd, wrth fagu plant, tybed? – eich bod yn gallu anwybyddu baw a glafoer. Mae'n siŵr bod yna bethau amgenach i boeni yn eu cylch.

Rhyw gymysgwch o bobl sy'n dod yma ar ŵyl y banc ola'r haf. Er ei bod hi'n dal yn dymor gwyliau, mae'r teuluoedd mwya' cydwybodol yn aros adre. Mae hysbysebion ceryddol yr hydref eisoes ar eu hanterth, yn atgoffa pawb i ddod i drefn cyn i'r ysgol ailddechrau. Rhaid prynu pensiliau ac iwnifform a pharatoi at dymor o drefniadau ac apwyntiadau ac ymarferion a dysg. Y rigmarôl sy'n ein cadw ar y llwybr cul. Beth sy'n bod ar bawb yn dilyn ei gilydd, meddyliodd Gwen.

Y mathau o bobl sy'n dod i'r dref fach yma ddiwedd haf yw'r cyplau hŷn yn eu camperfans; ambell i fam-gu ifanc ei hysbryd gyda chyfeilles neu ddwy; celc go dda o dramorwyr ifanc; a nifer o bobl y de, nad oes ganddyn nhw bell i'w deithio. Cariadon selog sy'n dod i'r lle i ddianc o'u bywydau bach dinod, i ddal gafael ar hud yr haf ac egni eu hugeiniau. Ambell i deulu a chi blêr o dan bob sedd. Prin yw'r plant – dim ond y plant bach nad yw eu rhieni ar frys gwyllt i'w gollwng o'u dwylo eto.

Dacw un tad-cu, yn ei siorts llwydlas a'i siwmper liw gwin a'r ffôn bach wrth ei glust. Mae wedi cael cyfarwyddyd i ffonio'r ferch i weld a ydyn nhw a'r wyrion bach yn iawn ac yn diolch iddi am fwydo'r pysgod yn yr ardd a dyfrio'r blodau. Odyn diolch, maen nhw wedi hen setlo ar y maes carafanau, ac yn bwriadu bwyta mas heno yn unig fwyty swanc y dref. D'yn nhw byth yn swpera mas fel arfer, ac eithrio rhyw brydyn tafarn ar ôl cerdded y glannau. Ond mae hi'n ben-blwydd priodas arnyn nhw, felly pam lai. Mae ei wraig dwt yn dod allan o'r deli yn gafael mewn sach bapur frown a photel ynddi. Gwin bach wrth ymbincio heno, felly. Mae Gwen yn troi yn ôl at y papur, cyn codi ei phen eto at y sŵn o'i blaen.

'Iawn, oce – arhoswch chi fynna, ac af i i lawr at yr eglwys i weld a yw e ar agor o hyd,' meddai dyn arall mewn top Llydewig sy'n cwato dim ar ei fol cwrw. Rhy naid lawr y tri gris bach o'r ardd, fel petai'n blentyn ei hun. Gwylia dy hun, medda Gwen wrth ei hun, rhag i ti gael anaf.

Mae ei wraig yn gosod ei rycsac i lawr wrth ei thraed, ac yn eistedd ar y fainc gerllaw a gostwng ei sbectol haul dros ei llygaid. Geilw ar ei dau o blant i'w rhybuddio i beidio â gadael yr ardd. 'Jakey, cadw lygad ar dy chwaer, plis,' meddai, cyn iddi godi ei llygaid i'r awyr i weld a yw'r hen gwmwl yna am gadw bant o'r haul am ryw chwarter awr bach arall.

Wrth ei hymyl mae yna ferch fach yn sgipio mewn sgidiau melyn ar hyd llwybrau culion yr ardd. Tair, pedair oed efallai. Yn amlwg fe gafodd yr hwdi bach glas smotiog ei brynu ar y gwyliau hwn ac, o bosib, y sandalau melyn plastig. Wedi dwyno'i sgidiau bach swêd unwaith yn ormod yn nŵr y môr, mae'n siŵr.

Mae'r ferch fach yn sboncio y tu ôl i fainc ei mam, i suoganu wrth y blodau cochion ar y wal. Llygaid duon mawr sydd ganddi, a bochau coch ar ôl bod yn adeiladu cestyll ar y Traeth Mawr. Yn sydyn, mae ei mam yn pwyntio at iâr fach yr haf sy'n mynnu dychwelyd at fraich y fainc.

''Co Nansi! Dyna bert, 'co.'

Mae'r ferch yn troi ac yn syllu'n gegrwth ar y pili-pala. Ar y fainc nesa ati a'i phapur ar ei chôl, mae Gwen yn sydyn yn teimlo rhyw chwithdod mawr. A gaiff hi'r fraint yna byth o fagu plentyn? Mae deigryn yn cronni yng nghornel ei llygad.

Cwyd ar ei thraed gan bwyso nôl i godi'r sbariwns papur a cherdded o'r ardd.

Er bod cymylau bygythiol dros gae'r ŵyl, mae'n gynnes yng nghanol y dorf.

Mae hi'n cofio am Waldo a'i brofiad ysbrydol yn y perci rownd ffordd hyn. Wrth i'r bâs gydio ynddi a'i hysio hi a'r dorf i symud fel un, mae hi'n deall geiriau'r bardd i'r dim: Awen yn codi o'r cudd, yn cydio'r cwbl . . .'

Mae hi a Sam yn closio o dan y rhacsyn o ymbarél, tua thair rhes o'r llwyfan.

'Ti'n ffyni, ti yn,' medde fe, a'i thynnu'n nes ato. Piffian chwerthin mae hi, a gwenu arno â'i llygaid glas, a chodi'i braich i'r awyr.

Ar ôl cael llenwi'r gwydr gwin budr sawl gwaith eto, ac wedi i sawl band gyfnewid lle ar lwyfan, mae e'n dal wrth ei hochr. Mae sawl ffrind wedi dod ati yn ystod y nos a gweiddi yn ei chlust: 'W, ma fe'n secsi!' Chwerthin mae hi a'u gwthio i ffwrdd yn chwareus.

Erbyn yr *encore* mae ef a hi ymhlyg ym mreichiau ei gilydd, mewn gwâl o olau a sŵn a thywyllwch a swyn. Mae'n troi ati ac yn ei chusanu'n hir.

'Dy dro di yw hi.'

Mae hi'n pwyso sgip ar y peiriant CD, ac yn llenwi'i wydr i'r top cyn tywallt ychydig llai yn ei gwydr hi.

'Oce oce . . . gad funud, ferch!' meddai, cyn gollwng ei lythrennau Scrabble ar hyd y ford, a'u dwyno â staeniau gwin coch. Dim ots. 'Wyt ti wastad mor strict â hyn?'

'Yn gallu bod . . . o, mae hon yn bril! Ti'n ffan o rhein?'

'Do, wedi'u gweld nhw ddwywaith yn fyw . . . clasur o gân.'

Mae hi'n gwybod ei bod ar ei gorau yn dawnsio, a'i gwallt euraid yn glymau dros ei llygaid, a rheiny'n pipo arno.

'Be am i ni fynd lawr i'r traeth? Dere; 'da fi dortsh rywle . . .'

'Wir? Ie go on te, y gêm ma'n boring ta beth.'

Er ei fod e'n iau na hi o flwyddyn neu ddwy, mae'r atyniad rhyngddyn nhw yn amlwg. Dyw hi ddim eisiau becso am eu gwahaniaethau ac yntau mor olygus. Oes ots – a hithau yn un sydd wastad wedi byw i'r funud – ei fod e'n dweud pethe dwl weithiau?

Unwaith maen nhw'n cyrraedd min y dŵr, mae hi'n sylweddoli nad yw'r ŵyl go iawn ond megis dechrau. Mae yna filiynau o ddafnau lliw saffir yn y môr, fel petasai sêr wedi disgyn i'r lli. Plancton. Un o ryfeddodau'r cefnfor mawr, yma yng Nghymru fach. Roedd y noson yma fod i ddigwydd.

Mae hi wedi rhegi sawl gwaith dros yr wythnosau diwethaf wrth sbecian dros y clogwyn ben bore a gweld y môr yn llyfn fel glàs. Ai dyma'r rheswm dros y rhyfeddod o'u blaenau? Dim ond ambell waith y mae hi wedi gallu syrffio'n iawn y mis diwethaf. Caledodd yr hen dywod ar ei bwrdd syrffio tu allan i'r garafán yr wythnos ddiwethaf. Heno, mae'r felltith wedi troi yn fendith a'r trai trwm wedi gadael trysor ar ei ôl.

Mae hi'n diosg ei thop a'i jins ac yn eu taflu ar y graig agosaf, gan beidio â sbecian arno; ynte'n gwneud yr un peth ond yn llawer mwy pwyllog. Mae hi'n gwisgo top haul bach du, diolch byth, felly'n gallu diosg ei bra heb fod yn fronnoeth a dangos gormod o'i hun.

Aiff y ddau at fin y môr law yn llaw yng ngwyll y nos. Mae yna dyndra rhyfedd o barchedig ofn rhyngddynt, fel petaent ar fin camu mewn i eglwys ddieithr.

'Ar ôl tri,' meddai. 'Un, dau . . .'

Mae hi'n rhedeg o'i flaen i'r dŵr oer ac yn deifio i ganol y tlysau bach glas. Buan y mae e'n ei dilyn, ac wedi iddi ddod i'r wyneb, mae hi'n sylwi ar linellau llachar o las yn dilyn hynt ei goesau a'i freichiau wrth iddo gicio drwy'r dŵr. Mae eu cyrff yn peintio'r môr tywyll â stribedi o las trydanol.

'Mae e'n . . . anhygoel,' meddai hi, gan drio'i gorau i wrthsefyll yr ysfa gref i afael ynddo. Rhaid cadw rhag bod yn rhy frwd. Eto maen nhw'n nofio mewn ffenomenon! Pwy allai beidio â cholli'i ben? Se Waldo ei hun yn mynd amdani, oni fuasai?

'Dere yma,' medde fe a dal yn ei chanol a'i chusanu.

Maen nhw'n wlyb o'u corun i'w sodlau, a'u cegau'n wyllt a llaith a'u coesau'n nadreddu'n un. Dyma fel mae dyn yn un â'r môr, yn un â natur. Dyw hi erioed wedi cael gwefr mor hyfryd o'r blaen. Mae'r ddau yn dawnsio ar bigau'r sêr. Ai breuddwyd yw'r cyfan?

'Fflip, mae hi'n oer ddo,' medde fe, gan sbwylio'r ddelfryd damed bach.

Ond mae'r ddau yn gwybod nad yw'r noson ar ben.

Mae llenni'r llofft yn glynu at wlith y ffenestr, wrth iddi godi ar ei heistedd ac ymbalfalu am y bachyn i'w agor.

Cymylau, a sŵn diflas yr un hen durtur dorchog.

'Bore da,' meddai'r llanc gan roi sws ddioglyd iddi, un hwy nag y mae'r un ohonyn nhw'n ei deisyfu mewn gwirionedd. Mae blas yr heli ar wefusau'r ddau o hyd.

'Drato, rhaid i fi fynd,' meddai. Oes, mwn, meddai hi wrth'i hun. Does yr un ohonoch chi'n aros yn hir.

'Licet ti'm paned cyn mynd?'

'Ie iawn. Mi wna i fe.'

'Ym, o damo, 'sdim llaeth 'ma, sa i'n credu. Bydd raid i fi fynd i'r siop lan y rhewl.'

Mae hyn yn rhoi esgus iddi ymestyn am ei nicyrs o'r llawr.

Cofiodd eu bod nhw wedi cael sgwrs danllyd braidd neithiwr am faterion y dydd. Buodd hi'n taeru'n ddu-las bod y llywodraeth yn anwybyddu ei dyletswydd moesol i helpu'r trueiniaid sydd ar ddisberod ym mhorthladdoedd ac ar hyd ffiniau Ewrop.

Doedd ynte ddim yn gweld pethau mor ddu a gwyn ac yn dadlau – a hanner gwên – nad oedd yn siŵr ai lle Prydain oedd rhoi lloches iddyn nhw. Doedd hi ddim yn siŵr nawr p'un ai gwneud hynny yn fwriadol oedd e er mwyn ennyn ymateb (dywedodd fwy nag unwaith ei fod yn hoffi'r ffaith fod yna dân yn ei bol).

'Pa bapur ti eisie?' gofynnodd hi wrth wisgo'i chrys-t Ramones.

'Dim ots da fi, dwi byth yn eu darllen nhw.'

'O, ocê te. Fydda i nôl nawr. Rho'r tegell mlân.'

Gyda hynny, dyma hi'n mynd drwy'r drws. Oes, mae yna frân i frân yn rhywle, ond roedd hi'n amau'n fawr mai hi oedd cymar oes y cocatŵ hwn.

Ar ôl llowcian eu paneidiau ar y gwely, dyma fe'n sgriblo'i rif ffôn – chwarae teg – ar gefn y pishyn papur Scrabble.

'Reit, ta-ra,' medde fe. 'Sori bo fi'n gorfod mynd. Wir, nes i, ym, fwynhau. Diolch am y gwely, ynde.'

Dim gair am gwrdd.

'Hwyl,' meddai hi, gan geisio gwenu â'i llygaid, ond gan wybod yn iawn bod eu hud nhw wedi hen suddo erbyn hyn.

Yn y stafell ymolchi, mae hi'n eistedd yn hir ar y tŷ bach. Mae ei chluniau a'i choesau yn ddolurus. A dim rhyfedd!

Pwy oedd y boi y buodd hi'n ildio ei hunan iddo mor ffri neithiwr? Un o ganolbarth Lloegr rywle, ar fin gadael i weithio'n gogydd yn ne Affrica o bobman. Doedd e ddim yn perthyn i'w byd hi. Ond, tybed a oedd hi'n rhy ffysi, fel yr oedd un cyn-gariad wedi'i chyhuddo ryw dro?

Wrth ysgwyd y *duvet* sylwodd ar driongl bach gwyn wrth waelod y gwely. Ych, cwdyn y condom. Fuon nhw'n ofalus te? Doedd hi ddim yn ei gofio fe'n trafferthu. Naddo, wnaeth e ddim trafferthu. Cofiodd fel y cawson nhw eu cipio ar don wyllt o nwyd, a hi'n ei stopio fe rhag bod yn gyfrifol. Ei bai hi.

Aeth i lenwi'r tegell.

Rai oriau wedyn, fe'i canfyddodd ei hun yn syllu'n hir ar res o boteli persawr rhad yn siop y fferyllydd. Grug. Lafant. Lili'r dyffrynnoedd . . .

Sut yr oedd hi am fentro gofyn am dabledi 'bore-wedyn' gan y fenyw tu ôl i'r til? Byddai hi'n cael clonc gyda hi fel arfer, ond pethau digon diniwed yr oedd wedi'u prynu yno yn y gorffennol: talc at ei thraed, plastar at bothell. Eli haul a balm gwefus mefus. Tabledi pen tost. Tamponau.

Roedd yr archfarchnad amhersonol yn rhy bell heddiw, a hithe'n ysu am droi tua thre a neidio i'r môr i ddeffro'n iawn.

Yng nghornel ei llygaid, dyma hi'n gweld fflach o felyn ar y llawr. Sandalau melyn, wrth waelod silffoedd â'u llond o glipiau a rubanau gwallt a brwshys o bob math.

Sandalau bach melyn twt.

Trodd ar ei sawdl, a gadael y siop.

LLIO MADDOCKS

Helfa

Wyt ti eisiau chwarae?

Roedd Siwan wedi dod o hyd i'r amlen ar y mat o flaen y drws. Neu efallai, meddyliodd Siwan, mai'r amlen oedd wedi dod o hyd iddi hi. Doedd ei henw hi ddim ar y papur, ond roedd Siwan yn hollol siŵr mai hi oedd i fod i'w ffeindio. Roedd hi wedi dod o hyd iddi o dan garreg fach ddu, ac roedd corneli'r amlen wedi bod yn crynu'n ysgafn yn yr awel. Safai Siwan yn ffrâm y drws, yn sbio ar yr amlen fach oedd wedi ei gwneud â llaw o hen bapur newydd, a darllenodd y pedwar gair unwaith eto.

Wyt ti eisiau chwarae?

Doedd Siwan ddim yn siŵr os oedd hi eisiau chwarae ai peidio. Doedd hi heb glywed y cwestiwn hwn ers tro; roedd hi'n ddeunaw oed rŵan, a doedd pobl deunaw oed ddim yn chwarae. Gallai gofio amser pan fyddai ei ffrindiau yn dod i gnocio ar ei drws i ofyn yr un cwestiwn, a fyddai hi'n oedi dim cyn rhedeg ar wib o'r tŷ i ddringo coed neu chwarae ar hen draciau'r rheilffordd. Ond y tro hwn, doedd hi ddim yn gwybod pwy oedd yn gofyn y cwestiwn ac roedd hynny'n gwneud ateb yn beth anoddach.

Edrychodd o'i chwmpas ar y rhesi o dai teras oedd yn rhedeg naill ochr i'r ffordd a'r llall, gan drio meddwl pwy fasa wedi gyrru'r amlen yma iddi. Ella mai un o'r hogia hŷn oedd yn chwarae triciau arni – roedd hogia'r stryd yn rhai drwg am greu trwbl. Roedd Ifan Llys Gwyn wedi chwarae castiau arni hi erioed, ers pan roedd y ddau yn eu clytiau bron iawn, ond doedd y sgwennu hwn ddim yn edrych fatha sgwennu Ifan. Edrychodd Siwan i lawr y stryd unwaith eto ond doedd yr un creadur i'w weld, felly caeodd y drws a rhedeg i fyny i'w llofft cyn i'w thad sylwi bod drafft yn dod drwy'r drws agored. Gyrrodd neges gyflym i'w ffrind er mwyn esbonio y byddai'n hwyr yn dod draw i'w gweld, ei bysedd yn symud ohonynt eu hunain ac yn llwyddo i dapio'r sgrin llyfn o'i hisymwybod. Yna eisteddodd ar ochr ei gwely ac edrych ar yr amlen unwaith eto.

Amlen wedi ei gwneud â hen dudalen o bapur newydd oedd hi, wedi ei phlygu'n ofalus i greu gorchudd bach saff i'r llythyr y tu mewn. Roedd rhywun wedi gwneud yr amlen fach hon eu hunain, ac wedi cymryd gofal i wneud yn siŵr bod pob ochr yn syth, pob cornel yn berffaith. Roedd y llawysgrifen ar flaen yr amlen yn daclus, a'r inc du wedi rhedeg ychydig drwy'r papur tenau, ond roedd y llythrennau'n dal i fod yn eglur.

Wyt ti eisiau chwarae?

Trodd yr amlen wyneb i waered a byseddu'r agoriad oedd

wedi ei lynu'n sownd. Roedd rhywbeth wedi ei stampio ar draws yr agoriad, er mwyn dangos nad oedd unrhyw un wedi agor yr amlen yn flaenorol. Craffodd Siwan ar y stamp i geisio dehongli'r llythrennau a'r ffigyrau oedd wedi eu hargraffu ar y papur newydd mewn inc coch. 'Y Geirdarddwr 15.07.16'. Wyddai hi ddim beth oedd ystyr 'Y Geirdarddwr', ond dyddiad heddiw oedd y ffigyrau. Roedd y llythyr hwn wedi cael ei sgwennu a'i ddanfon bore 'ma felly. Mewn un symudiad cyflym, rhwygodd Siwan ar hyd pen uchaf yr amlen, gan adael y stamp mewn un darn. Tynnodd ddwy ochr yr amlen oddi wrth ei gilydd a sbecian i mewn cyn tynnu darn papur brau allan ohono. Roedd yr un llawysgrifen ar y papur hwn, y llythrennau du yn hir a chyrliog. Gan ysgwyd ei phen rhyw ychydig, dechreuodd Siwan ddarllen.

> *Yma mae cŵn y corachod yn byw.*
> *Wedi gwasgu'r eirin a'r* cochineal,
> *Ffeindia'r trydydd gair, ar y drydedd silff,*
> *yn y trydydd peth.*

Syllodd ar y papur bychan am rai eiliadau cyn tanio ei chyfrifiadur yn ddiamynedd, gan obeithio y byddai'r atebion i gyd gan Google. Tapiodd ei bysedd yn erbyn ochr y cyfrifiadur mewn rhythm anghyson, gan aros i'r rhaglenni lwytho. Dim ond blwydd oed oedd y peiriant ac roedd o'n gweithio'n iawn, yn enwedig o'i gymharu â'r PC hen drybeilig oedd yn y stydi i lawr staer, ond doedd Siwan ddim yn hoffi aros. O'r diwedd daeth sŵn isel o'r cyfrifiadur i ddangos ei fod wedi deffro, a chliciodd Siwan ar y logo coch, gwyrdd a melyn i lansio'r we. Teipiodd yn gyflym i mewn i'r bar chwilio: 'ci corrach'.

Bwriodd olwg dros y sgrin a gweld mai'r ail ganlyniad oedd yr un mwyaf addawol, linc ar gyfer cofnod yn Wicipedia o'r enw 'Corgi'. Darllenodd y cofnod yn gyflym, gan ddysgu am yr hanes tu ôl i'r gair. Gair Cymraeg oedd 'corgi' meddai Wicipedia, wedi ei fabwysiadu gan y Saesneg. Wyddai Siwan ddim fod 'na eiriau Cymraeg yn cael eu defnyddio yn Saesneg, a theimlai rhyw falchder o wybod mae o'i hiaith hi roedd y gair yma'n tarddu. Dysgodd o'r erthygl fod y gair yn gymysgedd o ddwy elfen ieithyddol, 'cor', a oedd yn golygu 'bach', fel yn 'corrach' neu 'corryn', a'r gair 'ci'. Cododd y pishyn papur, ac ailddarllen y llinell gyntaf. Ymhle roedd corgwn yn byw? Wel, yn Buckingham Palace wrth gwrs, meddyliodd. Roedd hi wedi bod ar drip yno efo'i rhieni pan oedd hi'n iau, ac wedi cael gweld y 'Changing of the Guard'. Roedd ganddi gof clir o'r diwrnod hwnnw, pan welodd hi'r ceffylau anferthol yn martsio heibio iddi yn y dorf, a'i thad yn canu 'They're changing guard at Buckingham Palace, Christopher Robin went down with Alice,' drosodd a throsodd wrth i'r orymdaith fynd heibio, nes gwneud i'w mam gochi mewn cywilydd. Ond pam fod y nodyn yma'n ceisio ei gyrru i Lundain?

Aeth ati'n syth i geisio darganfod ystyr yr ail linell. Pam fyddai rhaid gwasgu eirin? I gael sudd neu win ella. Ond doedd y *cochineal* ddim yn gwneud pwt o synnwyr wedyn. Roedd y syniad o wasgu *cochineal* yn mynd reit drwy Siwan. A dweud y gwir, dyna oedd un o'r rhesymau fod Siwan wedi dechrau bod yn llysieuwr. Roedd hi wedi helpu ei thad unwaith i wneud cacenni bach efo eisin pinc, a hithau wedi gwneud llanast a chael yr hylif coch ar hyd ei dwylo.

'Siwsi, y nionyn. Ma *cochineal* yn beth andros o anodd i'w gael yn lân, fydd o wedi staenio dy groen di,' meddai ei thad ar ôl gweld y llanast. Heb oedi, roedd Siwan wedi cael ei thynnu at y tap, a'i thad wedi dechrau sgrwbio ei dwylo nes roedd y croen hyd yn oed yn fwy pinc. Brathodd Siwan ei thafod cyn ebychu fod y sgrwbio'n ei brifo.

'Be ma *cochineal* yn feddwl, Dad?' meddai hi, wedi i'r tap gael ei diffodd ac wrth iddi sychu ei dwylo, y rhan fwyaf o'r lliw wedi llifo i lawr y draen.

'Yr enw am y lliw coch 'ma 'dio, ynde,' meddai ei thad.

'Wel, pam ddim galw fo'n goch ta?'

'Achos mae o'n goch arbennig.'

'Pam?'

'Achos mae o wedi cael ei wneud o bryfed bach coch.'

'Be?' meddai Siwan. Roedd hi'n siŵr ei bod hi wedi camglywed ei thad.

'Pryfed bach, Siws,' meddai ei thad eto. 'Dyna sut maen nhw'n gwneud y lliw. O lle ochdi'n meddwl oedd y lliw yn dod?'

Meddyliodd Siwan am eiliad.

'Dwmbo. Paent neu rwbath. Ond pam bod nhw angan defnyddio pryfed? Oes na bryfed bach yn y gacan 'na 'lly?'

'Oes am wn i. Reit, dyna ddigon o gwestiyna am heno. Tria hon,' meddai ei thad, gan gynnig un o'r cacenni bach iddi.

'Dim ffiars,' meddai Siwan.

Y noson honno, fe dreuliodd oriau o flaen y cyfrifiadur yn ymchwilio cynnyrch anifeiliaid mewn bwydydd bob dydd.

Roedd hi wedi dod o hyd i'r gwir tu ôl i'r *chicken nuggets* oedd yn y rhewgell ac wedi dysgu am jelatin, ac roedd hi'n teimlo'n eithaf sâl. Addawodd o hynny ymlaen i beidio â bwyta cig – ddim hyd yn oed *fish fingers*.

Yn ôl yn ei llofft, roedd Siwan yn dal i syllu ar y pishyn papur. Roedd hi wedi cymryd, felly, bod y pos hwn yn rhywbeth i wneud efo'r lliw coch. Roedd eirin yn gallu bod yn goch. Ond be aflwydd oedd y cysylltiad rhwng y lliw coch a Buckingham Palace? Agorodd ddogfen newydd yn *Word* a dechrau sgwennu rhestr o bethau posib.

– Siacedi'r milwyr yn B. Palace
– ~~Elusen y Red Cross~~
– Red Arrows . . . : S
– Blychau Postio'r Post Brenhinol???

Caeodd gaead y cyfrifiadur yn bwdlyd. Doedd ganddi ddim clem beth oedd ystyr y geiriau dirgel, a doedd hi'n sicr ddim am drefnu trip i lawr i Lundain i weld a fyddai unrhyw gliwiau tu allan i'r palas. Stwffiodd y darn papur i mewn i'w phoced ac aeth i lawr y staer gan weiddi lawr y coridor.

'Dad, dwi'n mynd i weld Gwenno. 'Da ni'n mynd i dre. Welai di heno.'

Clywodd ei thad yn gweiddi rhywbeth am gofio ei goriadau, ond caeodd Siwan y drws ar y llais a cherdded i lawr y stryd â'i dwylo yn ei phocedi.

```
15 i lawr.
Ymlid y dŵr hallt mae'r dyn heb ben [6]
```

Does dim teimlad gwell na datrys cliw mewn croesair cyfrin. Ro'n i'n gwybod y byddai'n rhaid aros o gwmpas heddiw, felly dwi wedi paratoi drwy ddod a thwmpath o groeseiriau efo fi. Mae rhai o'r cliwiau yn haws na'r lleill, rhai atebion yn ymddangos yn syth heb orfod meddwl. Ond mae rhai yn cymryd amser, mae angen cnoi rhai cliwiau fel lwmp o gig eidion sydd wedi ei goginio'n rhy hir.

Dwi'n dechrau ysgrifennu atebion posib ar bapur sgrap, hen dudalen o bapur newydd ddoe, a dwi'n cychwyn o ddiwedd y cliw. Fel'na fyddai'n licio gweithio, wyddoch chi. Am yn ôl.

Dyn heb ben. Beth sy'n air arall am ddyn? Unigolyn. Gwerinwr. Gŵr. Heb ben – mae hwn yn gliw nodweddiadol mewn croesair cyfrin i ddileu'r llythyren gyntaf. Mae hynny'n gadael 'wr'. Ysgrifennaf y ddwy lythyren ar y papur sgrap cyn symud ymlaen i ran nesaf y cliw. Dŵr hallt. Dŵr y môr. Halwynog.

Wrth i'r geiriau cysylltiedig droelli drwy fy meddwl, dwi'n gweld drws y tŷ yn agor am yr ail dro heddiw. Mi welais hi gynna yn pigo'r amlen oddi ar stepen y drws cyn diflannu yn ôl i mewn i'r adeilad, ond y tro hwn mae hi'n croesi'r ffordd ac yn pasio heibio fy nghar. Dwi'n ei dilyn gyda fy llygaid, mae hi'n rhy beryg tanio'r injan a'i dilyn hi lawr y stryd.

Mae hi wedi tyfu. Mae ei chorff wedi datblygu yn gorff dynes, ond mae ei hwyneb yn dal i fod yn ifanc, ferchetaidd. Dwi'n gwylio ei hadlewyrchiad yn pellhau oddi wrth y car, ei gwallt yn bownsio gyda phob cam, ei chanol yn ysgwyd o ochr i ochr, nes iddi ddiflannu rownd y gornel. Does gen i ddim ofn ei cholli, mi wn yn union lle bydd hi'n mynd nesaf.

Dwi'n troi yn ôl tuag at y croesair ac yn ysgrifennu. Halwynog. Heli.

Dyna fo. Ydych chi wedi dod o hyd i'r ateb hefyd? Ymlid yw'r cliw, a phwy yw'r un sy'n ymlid? Ysgrifennaf y llythrennau fesul un yn y blychau gwyn.

Heliwr.

'Dwi'n bôrd.'

Roedd Siwan yn gwylio ei ffrind wrth iddi gymharu dau botyn o *nail varnish* piws heb unrhyw fwriad o'u prynu.

'Hmmm?' gofynnodd Gwenno heb godi ei phen.

'Dwi'n bôrd.'

'Bôrd o siopa?' meddai Gwenno. 'Fedra ni fynd am banad os tisio.'

'Nace, ddim bôrd o siopa. Jyst bôrd. Bôrd o fywyd, bôrd o'r gwylia haf. Dwisio i rwbath ddigwydd.'

'Wel, 'da ni'n mynd i brifysgol mewn dau fis. Ma hynna'n ecseiting.'

'Yndi . . . am wn i.'

'Ti'm yn edrych ymlaen? Meddwl faint o hwyl gawn ni yng Nghaerdydd. Wythnos y Glas, *student loan,* llwyth o ffrindia newydd. Fydd hi'n mental.'

'Bydd. Bydd, ti'n iawn,' cytunodd Siwan. Roedd hynny'n haws weithia.

'Pa un ti'n licio fwya?'

'Be?'

'Pa un?' meddai Gwenno eto, gan ddal y ddau botyn piws modfedd o drwyn Siwan.

'Dwn-im. Hwnna.' Pwyntiodd Siwan at un ohonynt, yr un goleuaf. Nid bod Gwenno angen potyn arall o *nail varnish*, roedd ganddi ddegau ohonynt yn barod yn un rhes ar ei sil ffenest.

'Hmmm . . . Ella ddo i nôl amdano wedyn,' meddai Gwenno, gan roi'r ddau yn ôl ar y silff. 'Tisio mynd am banad?'

Gadawodd y ddwy'r siop a cherdded ar hyd y stryd fawr, tuag at eu hoff gaffi. Yno y byddai'r ddwy yn cyfarfod bob tro ar benwythnosau.

'O, bron i mi anghofio!' meddai Gwenno. 'Dwi angan cardyn pen-blwydd i Mam. Ddoi di heibio Palas Print efo fi?'

Dilynodd Siwan ei ffrind tuag at y siop lyfrau goch, a sbeciodd i mewn drwy'r ffenest ar yr arddangosfa o lyfrau newydd. Roedd hi wrth ei bodd yn dod i'r siop hon i bori drwy'r silffoedd a bodio'r cloriau, ac roedd arogl y pren a'r tudalennau yn cysuro Siwan. Roedd ei mam yn arfer dod â hi yma bob yn ail benwythnos i brynu llyfr newydd pan oedd hi'n iau, yn benderfynol o wneud yn siŵr bod Siwan am fwynhau darganfod geiriau a straeon, tra'r oedd hithau'n cael y cyfle i bori drwy'r llyfrau heb i'r ferch fach darfu arni. Aeth i mewn drwy'r drws coch ar ôl ei ffrind, cyn stopio'n stond a throi ar ei sawdl. Syllodd i fyny ar arwydd y siop a thynnodd ddarn papur o'i phoced.

'Yma mae cŵn y corachod yn byw . . .' mwmiodd i'w hun. Mewn palas coch. Mae'n rhaid mai dyma lle'r oedd y cliw yn arwain. Rhuthrodd yn ôl i mewn i'r siop gan gofio llinell olaf y pos a chyfrodd y silffoedd nes cyrraedd y drydedd. Dewisodd y trydydd llyfr a'i agor yn syth ar dudalen gyntaf y stori yn llawn gobaith ond suddodd ei stumog wrth iddi weld beth oedd y trydydd gair. 'A'. Dim cliwiau, dim byd. Dim ond un llythyren fechan. Fflicïodd drwy weddill y tudalennau yn hanner gobeithio gweld amlen fach o bapur newydd ond doedd dim yno. Dechreuodd dynnu pob llyfr oddi ar y silff fesul un gan edrych ar ddim ond y dudalen gyntaf pob tro cyn ei roi yn ôl yn frysiog, ond yna daliodd rhywbeth ei llygad. Roedd un llyfr gwahanol ar y silff, reit yn y canol. Un bychan oedd o, a chefn y llyfr wedi plygu i gyd fel petai rhywun wedi ei ddarllen drosodd a throsodd, ac roedd yn sefyll allan yng nghanol y nofelau newydd sbon eraill. Tynnodd y llyfr oddi ar y silff gan ddal ei gwynt a gwenodd wrth ddarllen y clawr.

Y Trydydd Peth

Agorodd y llyfr ar y dudalen gyntaf a disgynnodd amlen fechan, berffaith ohono. Wrth wneud nodyn meddyliol o'r trydydd gair, 'sydd', cododd yr amlen a gweld y stamp cyfarwydd. 'Y Geirdarddwr 15.07.16'. Dyddiad heddiw unwaith eto. Roedd rhywun wedi bod yn brysur. Rhwygodd ar hyd dop yr amlen a thynnu papur bychain ohono.

Ym mha le oeddet ti, pan fu bron i ti gael yr un gosb â Loki?

Heb oedi dim, teipiodd y gair 'Loki' i mewn i'r bar chwilio ar ei ffôn. Darllenodd y cofnod Wicipedia a dysgu ei fod yn dduw Llychlynnaidd a oedd yn gallu newid ei ffurf. Yn ôl y cofnod, weithiau roedd Loki'n helpu'r duwiau eraill, dro arall byddai'n eu twyllo nhw, ac roedd wedi cael nifer fawr o gosbau gwahanol yn ystod ei fywyd. Sut ar wyneb daear oedd Siwan i fod i wybod p'run oedd yr un cywir? Doedd dim o hyn yn gwneud synnwyr i Siwan, felly teipiodd y gair 'sydd' i mewn i Google, i weld a fyddai unrhyw beth defnyddiol yn ymddangos. Daeth o hyd i dri chofnod addawol mewn geiriadur ar-lein.

Sydd *berf*
1. Cymraeg. trydydd person unigol, Amser Presennol modd mynegol *bod*
2. Norwyaidd. Rhangymeriad gorffennol *sy* – gwnïo.
3. Swedaidd. Rhangymeriad gorffennol *sy* – gwnïo.

Doedd y cofnod Cymraeg ddim yn rhoi unrhyw fath o gliwiau, ond meddyliodd Siwan bod mwy na chyddigwyddiad yn cysylltu'r geiriau Llychlynnaidd â'r duw. Teipiodd unwaith eto i mewn i'r bar chwilio.

'Loki gwnïo Llychlynnaidd'

Wrth i'r canlyniadau ymddangos ar sgrin fach ei ffôn teimlodd ei stumog yn troi fel petai hi newydd yfed cwpan o goffi cryf. Roedd hi'n gwybod ble'r oedd angen mynd.

'Gwenno?' gwaeddodd ar ei ffrind, yn tarfu ar ddistawrwydd y siop. 'Gwenno, ma raid i mi fynd. Nai ffonio chdi heno, iawn?'

'Ddo' i hefo chdi os tisio,' cynigiodd Gwenno heb godi ei phen o'r pentwr o gardiau pen-blwydd o'i blaen.

'Na, ma'n iawn. Ma raid fi fynd.'

Saethodd drwy ddrws y siop, ei llygaid wedi'u gludo i'r ffôn, a bu bron iddi faglu dros rhywun oedd yn sefyll yng nghanol y palmant.

'Sori,' medda Siwan gan gario mlaen i gerdded i lawr y stryd, a diflannu rownd y gornel.

3 ar draws.

Aros a chuddio yn y twndis gwyllt [7]

Tydi'r cliw hwn ddim yn un i'w weithio am yn ôl. Mae hwn yn un haws, un sydd â chliwiau mwy amlwg iddo. Mi esbonia i chi sut y mae dod o hyd i'r ateb, ac mi welwch chi wedyn pa mor hawdd yw'r cliw.

Mae rhai geiriau mewn croesair cyfrin yn ddiffiniadau, ac mae rhai yn ddangoswyr. Mae angen dod o hyd i'r ddau er mwyn cael yr ateb yn gywir. Yn y cliw hwn, mae'r dangoswr yn un amlwg. Ydych chi'n gallu ei weld? Ia, dyna ni: 'cuddio'. Mae'r ateb felly yn cuddio yn y cliw, a dim ond ei ddarganfod sy'n rhaid gwneud. Ydych chi eisiau cliw arall? Mae'r ateb yn y 'twndis gwyllt'. Dyna ddigon o gliwiau am rŵan.

Dwi'n cadw hanner llygad ar y siop goch o 'mlaen. Mi welais hi'n dilyn ei ffrind i mewn i'r siop, a fydd hi ddim yn hir cyn dod allan eto. Dwi'n gallu gweld cysgod ei chorff wrth y silff agosaf at y ffenest a dwi'n ei gwylio'n edrych drwy'r rhes o lyfrau. Bron iawn yno.

Ydych chi wedi dod o hyd i'r ateb eto? Dyma gliw arall i chi. 'Aros' yw'r diffiniad, felly pa air arall sy'n golygu aros?

Dyma hi'n dod. Dwi'n camu ar y palmant ac yn cerdded yn araf i lawr y stryd, ond dwi'n gallu ei theimlo hi tu ôl i mi ac mae fy nghalon yn cyflymu. Dwi'n cyffroi. Dwi'n troi fy mhen am yn ôl i'w gweld unwaith eto ac mae hi yno, yn syllu ar ei ffôn. Mae hi'n cerdded tuag ata i a dwi'n methu symud.

'Sori,' medda hi wrth daro i mewn i'm hysgwydd i. Un gair. Sori. A dwi'n teimlo fy ysgwydd yn merwino lle bu'r

124

cyffyrddiad rhyngom. Mae fy anadl yn drom a dwi'n syllu
arni wrth iddi ddiflannu rownd y gornel unwaith eto.

Yn ôl at y cliw felly. Rydych chi wedi cael digon o amser
i'w ddatrys. Aros. Mae'r ateb yn cuddio yn y 'twndis gwyllt'.
Dwi'n sgwennu'r saith llythyren yn ofalus yn y blychau.

Disgwyl.

Ar y ffordd i'r capel roedd Siwan wedi darllen y stori gyfan
am Loki a'r corrach, Brokkr, ar ei ffôn. Yn ôl y chwedl,
roedd Loki wedi betio ei ben na fyddai Brokkr yn gallu creu
y gwrthrychau gorau yn y byd, ond unwaith y collodd Loki'r
bet, gwrthododd roi ei ben i Brokkr. Cytunodd Brokkr y
byddai'n ddigon iddo gael gwnïo ceg Loki ynghau, a dyna a
fu. Crynai dwylo Siwan wrth iddi ddal yn dynn yn ei ffôn.
Doedd hi heb fod yn ôl i'r capel hwn ers i'w mam adael, ac
roedd ganddi gof pendant iawn o'u hymweliadau â'r capel
bob dydd Sul. Doedd Siwan ddim yn cael mynd i'r Ysgol Sul
fel y plant eraill, roedd hi'n gorfod mynd i'r gwasanaeth
boreol efo'i mam, a'r holl ffordd yno byddai hi'n gofyn
cwestiynau am Dduw.

'Oes 'na Dduw go iawn, Mam?'

'Oes siŵr,' fyddai ei mam yn ateb bob tro.

'Ond ma Dad yn deud . . .'

'Paid â gwrando ar dy dad.'

'Mi ddudodd Dad nad yw Duw ddim yn bodoli. Mai 'mond
defaid oedd yn coelio . . .'

'Yli,' fyddai ei mam yn dweud gan dorri ar ei thraws. ''Da
ni bron yno. Wyt ti isio i'r gwnidog dy glwad di'n siarad
fel'ma?'

Doedd gan Siwan ddim llawer o bwys be fyddai'r

gweinidog yn ei feddwl, ond roedd yr olwg ar wyneb ei mam yn ddigon i'w thawelu fel arfer.

'Rŵan, dim mwy o'r cwestiyna' ma, neu mi fydd raid i mi wnïo dy wefusau di at ei gilydd. Cofia di.'

Yr un hen rybudd, yr un edrychiad cadarn bob bore Sul. Bob wythnos yn ddi-ffael, byddai'r fam a'r ferch yn cerdded yr hanner milltir i'r capel, tra byddai tad Siwan yn cael cysgu tan un ar ddeg, nes i Siwan godi un bore Sul a gwisgo ei dillad gorau, ond methu â ffeindio'i mam. Roedd ei thad yn y gegin yn edrych fel petai o heb gysgu winc, ac esboniodd nad oedd raid iddi fynd i'r capel wedi'r cyfan. Gwnaeth frecwast mawr o goco-pops a chrempog i'r ddau nes i'r ferch fach anghofio popeth am y capel.

Cyrhaeddodd y capel a throi'r ddolen ond ni symudodd y drws. Ysgydwodd Siwan y drws yn erbyn ei glo nes i'r pren grynu, ond doedd dim modd ei agor. Roedd yn rhaid iddi fynd i mewn, fe wyddai bod y cliw nesaf yn ei disgwyl ac roedd hi angen dod o hyd iddo. Chwiliodd ar hyd y siliau ffenest, o dan y potiau blodau, y mat drws, am amlen fach o bapur newydd, ond doedd dim yno. Roedd hi'n siŵr ei bod hi yn y lle iawn, roedd hi'n siŵr bod cliw arall yma'n rhywle.

```
1 i lawr.
Mae'n dechrau merch a mab [3]
```

Dwi'n eistedd yn fy nghar unwaith eto yn ei gwylio. Mae hi fel peth gwyllt yn chwilio am y cliw nesaf, ei bysedd hir yn teimlo pob crac a phant ym mhren y drws. Mae ganddi amynedd, oes, i barhau i chwilio.

Tra mae hi'n chwilio dwi'n edrych ar y cliw olaf yn y

croesair. Ydych chi'n gallu ei ddatrys heb fy help i y tro hwn? Mae'n un hawdd unwaith eto, os ydych chi'n gwybod lle i chwilio.

Dwi'n darllen dros y croesair, ac yna'n ei ailddarllen. Dim ond tri blwch bach gwyn sydd ar ôl, a doeddwn i ddim yn bwriadu eu llenwi. Dwi'n ei blygu, ac yn ei roi mewn amlen fechan, wedi ei gwneud yn ofalus o ddarn o bapur newydd. Roeddwn i wedi bwriadu ei roi wrth ddrws y capel fel ei chliw olaf hi, roeddwn i'n gwybod y byddai hi'n cofio. Ond methais. Mi fydd raid i'r helfa ddod i ben am rŵan.

Dwi'n rhoi'r amlen fechan ym mhoced fy nghôt, i'w anghofio am y tro yng nghanol pentwr o hancesi papur a briwsion. Roeddwn i eisiau ei chyfarfod, ond mae ei gweld yn ddigon i mi. Am rŵan. Dwi'n tanio'r car ac yn ei gwylio unwaith eto wrth iddi barhau i chwilio, o dan y potiau blodau, y mat drws. Mae ganddi amynedd, ond dwi'n ei gadael yno'n chwilio, a fi sy'n diflannu rownd y gornel y tro hwn.

Ydych chi wedi datrys y cliw olaf? Naddo? Wel, dyma gliw bach i chi. Mae'r cliw i gyd yn ddiffiniad y tro hwn. Mae'n dechrau merch a mab. Pwy tybed sy'n dechrau merch a mab?

Dyma gliw arall i chi. Mae'r llythrennau i gyd yno, yn cuddio yn y cliw. Mae'r cliw yn dweud wrthym ni am edrych ar ddechrau'r geiriau olaf. Beth am ei sillafu allan gyda'n gilydd?

Dwi'n gweld y llythrennau yn eglur yn fy mhen, ond dwi ddim yn ei sgwennu nhw yn eu blychau y tro hwn. Mi gaiff hi wneud hynny. Rhyw ddiwrnod.

'Gillette, the best a man can get!'

Teulu bach parchus, ychydig yn Seisnigaidd, ond parchus. Dau fab, dwy ferch parchus iawn. Cael pris da am y byngalo ond y dafarn yn well. Mae Sian Lavinia, Shani i bawb, bron yn hanner cant. Cadair fel buwch odro a George a elwir hefyd yn Georgie Boi yn dwli ar y ddwy. Tipyn o foi yw George, er dyw hynny yn adlewyrchu dim ar ei ddawn gyda menywod. Ond wel, beth yw'r pwynt o gael pen-ôl bach ciwt a blew ar eich *chest* os na wnewch chi eu dangos nhw. Fydd George byth yn swil. Unrhyw gyfle i ddangos lliw ei drowser bach a bydd George yno gyda'r cyntaf. Ond peidiwch â nghamddeall i. Nid fflasher mohono chwaith.

Cyrraedd y *Blue Bell* am wyth wnes i. Bach yn hwyr o ystyried ei bod hi'n ddiwrnod carnifal, ond dyna fe, i fenyw ganol oed fel fi, mae amseru'n crwshal. Dyw'r merched gwaith heb gyrraedd eto, ond rhwng nawr a nes mlaen, 'na'th tipyn ddigwydd, os chi'n gwbod beth sydd gyda fi.

Mags yw'r enw i'm ffrindie a phob diawl arall. Fues i erio'd yn un am enwau swci. Mae Mags yn iawn diolch yn fowr ichi. 'Wy'n eistedd fan hyn wrth y bar ers pum munud nawr. Pum munud. Becso dim ohona'i. Edrychwch chi bois bach! Does dim niwed mewn edrych. Dwli penna' mywyd i oedd Dave yr Ecs. Hen gwrci fuodd e erio'd, a wel, 'If you can't beat 'em, join 'em!' Sai'n gomon serch hynny, felly daliwch eich tafod!

'Charming lady with class' ydw i a pheidiwch chithe anghofio 'ny chwaith!

Wel, fel hyn fuodd hi. Ges i'r lliw 'ma fore Sadwrn diwethaf, rhywbeth i roi help llaw i'r tôns naturiol. Blonden fach fues i erio'd. Tamaid o slachdar ar fy swch, bach o bensil ar fy llygaid, mascara, ffowndeshon, Chanel fan hyn a bach fan 'co, a phlwc disymwth i'r sgert, sy'n dechrau diflannu. Sedd dal, sodlau main. Sip, sip, sip a syllu. Peth gwael yw cenfigen, ond 'na fe, fuodd ambell un ohonon ni'n fwy lwcus na'n gilydd, ac wedi'r cyfan, ches i ddim fy ngalw'n Gillette am ddim byd!

Rhyw esgus sipan *G&T* wrth y bar o ni ar y pryd, pan weles i fe, George. 'Wy wedi arfer dod i'r *Blue Bell* am ddracht fach 'da'r merched, ond wel, mae heno'n wahanol. Ma Shan Lavinia, Shani i bawb, wedi mynd i'r gwely'n gynnar, pen tost a thwtsh o ffliw mynte hi. Roedd y plant, sy'n ddigon hen i wybod gwell, yn rhywle, ond nid fan hyn. Ma fe George yn dipyn o foi nawr, yn swagro'i ben-ôl bach ciwt fel dyn sy'n dweud llawer gormod o '*fs*' mewn brawddeg i'w hanwybyddu.

Pip ar y ffôn. Hoffi. Rhannu. Hoffi, hoffi. Rhannu . . . a nôl wrth y bar. Llygaid lan. Gwefusau mas a shwish i'r gwallt fel cwt ceffyl. Mae'r bar yn wag fel arfer. Dim sôn am neb ond fi, Dai Fish, Jac Rhos a George. Ond heno mae'n noson carnifal ac mae'r lle yn drewi o bobol ddiethr. Hen fois y ffermydd top a merched dre yn dits ac yn datŵs i gyd!

Fe losgais i heddi. Llosgi'n goch fel mochyn, a streips fy fest top i'n tynnu'n boenus dros y cwbwl. Streipen goch sydd ar drwyn Georgie Boi 'fyd. (Ddim yr olwg orau ar ddyn.) Ond 'na fe, pan mae'r haul mas mae'n rhaid llosgi neu 'stim pwynt ei gael e.

Mae ambell ddyn fel ambell lyfr clawr caled. Diflas. Ambell un arall a'i glustiau wedi cwrlo am fod gormod o fen'wod wedi bod yn plygu ei gefn e. (Dim bo fi'n ffwdanu darllen yn aml.) Gormod o bethe mlân rhwng glanhau i hwn a'r llall. Rhyngoch chi a fi a'r pwmp cwrw 'ma, ma' mwy o hanes wrth wacáu bins rybish na sydd ar y teli unrhyw ddydd. Gwin gwyn a mas am fwgyn . . . Gwin coch a wâc i'r tŷ bach. Dim fod arna i eisiau mynd wrth gwrs. Powdwr. Paent. Perffiwm. Bronnau mas. Bola mewn. Sigl-di-gwt, sigl-di-gwt!

Fel swancen, llyfais fy ngwefus uchaf. Dim ond yr uchaf cofiwch, a throi fy mys pigo trwyn (er na fydda i byth yn gwneud hynny) o amgylch ceg y gwydr bach ar y bar. Ma' Georgie wedi dala'n llygad i unwaith yn fwy na ddyle fe heno. Twt, twt, twt, Georgie Boi. Chi ddynion i gyd yr un peth. Draw fan hyn, 'wy'n gallu gweld nhw i gyd. George. Twrch. Winci. A Dy-Dy-Derfel. Werth dim byd yw e, Twrch. Dim ond siarad wast am ei hunan a rhy dynn i brynu drinc i neb. Breichiau byr a phocedi dwfn a dwy law fel dwylo menyw. Athro, 'stim dou . . . rhy ddelicet i wneud diwrnod teidi o waith. Trwyn mewn llyfrau a siarad trwy ei farf am *Russian Revolution* neu rywbeth yn llawn dwst fel 'na. Fe wedes i wrtho fe.

'Gronda gwdbói, 'stim dyfodol mewn hanes, so gad dy lap wast!'

Tynnodd ei dafod mewn yn go handi ar ôl 'ny. Trial ei lwc oedd e. Meddwl 'fyddai bach o ddiddordeb gyda fi yndo ge achos bod neb arall 'da fi ar y pryd. A'th e nôl i'r cornel lluniau lleol wedyn â'i gwt yn ei din, ac 'iste'n go dawel. Doedd dim lot o syched arno ge wedyn, alla i weud wrtho chi. Wel, dim tan i Claudia'r *Polish* fach ddod mas o'r toilets. Hi ga'th y job glanhau ar fy ôl i. Gwallt brân a choesau milgi. Ond 'stim ofon gwaith arni, os taw 'na beth sy'n becso chi. Coffi a ffag ac mae'n barod i fynd.

Crach. I'r bobol 'ny fyddai'n gweithio nawr. Rheini sy'n meddwl bo nhw'n bwysig, dim ond o achos bod carafan ar y dreif sy'n ifancach nag ambell bar o deits sy 'da fi! S'ymo nhw'n gallu gofyn i bawb. Ma' ofn ar y rhan fwyaf ohonyn nhw fydd rhywun yn helpu ei hunan i'r Kyffins a'r Aneurins ar y wal. Ond ma' nhw'n fy nhrysto i am bo fi'n *Welsh speaker*. Ie pipa di gwdbói . . . Rhythu ma' hwn hefyd dros ei sbectol. Winci yw ei enw fe. Pwdryn arall. Hy! Gymrith e dipyn fwy na 'na i ddofi rhyw glatshen fel fi. Ti â dy goesau brwyn. Guinness yw ei ddrinc e fel arfer. Guinness du fel pen mop tŷ tafarn. 'Co fe'n dod. Rhwbo lan at y ferch newydd tu ôl i'r bar fel cwrci yn erbyn coes.

'Guinness. Gwin y gwan t'wel.' Mynte fe yn ddrifls i gyd, a'r poer ar ochr ei geg e'n sychu'n slic ar lewys ei grys gwaith.

'Gwd i roi *lead* yn dy bensil di t'wel,' meddai fe wedyn,

gan gymryd llond cegaid o'r stwff, nes bod blaen ei drwyn e'n gwmwl. Fe eisteddodd e wedyn ar flaen ei stôl dal yn rhyw bipo draw arna i â llygaid llo lloc. 'Stim gobeth!

'Wy nôl ar y ffôn. Tecst i weud 'Ble ddiawl ichi?' i'r merched gwaith. Dim ateb. Dim ots. 'Wy wedi hen arfer bod ar ben fy hunan.

Mae Dy-Dy-Derfel draw ar bwys y jiwc bocs. Fe oedd gŵr cynta Diane Dam-it-ôl. Roedd yr hanes yn papur. Dy-Dy-Derfel o'dd wedi cwmpo yn y gwaith a cha'l dolur mowr. Enillodd e filoedd. Esgus gweud bod e'n rhy wael i gerdded. Ond doedd dim byd mowr yn bod arno fe pan ddalodd e hi Dam-it-ôl fe wrthi gyda honco mynco. Sgrapen yw honco. Honco â'r dannedd. Cath o fenyw a gwine i fatsho. Alle honna gorneli sawl ci *a* dod mas â'i gwallt yn deidi ar y diwedd. Credwch chi fi! Dim bo *fi* wedi ei chroesi ddi. Mas am bach o gwmni ydw i, nid i gecran.

Rhwbio, rhwbio glasys brwnt yn lân mae George nawr ac edrych draw arna i i weld os odw i wedi sylwi. Ha-ha-hmmm. Ie, ie 'wy'n gweld ti. Dim sôn am y wraig annwyl o hyd. Twtsh o ffliw. Hen beth diflas. Y ffliw 'wy'n feddwl. Dyw hi ddim yn fenyw sydd yn lico lot o waith. Chi'n nabod y teip. Tindroi yn ei phyjamas drwy'r dydd a thalu i rywun fel fi i dynnu dwst iddi. Tychan wedyn ac ochen fod gymaint gyda hi i'w wneud, a fflapo'i llyged os feddylith hi bod rhywun arall yn cael bach o ffŷs. Mae'n rhyw fyw i beinto winedd a ffeilo'i thraed, fel ci Crufts drwy'r dydd. Werth dim byd i glyrio gwydrau neu newid baril. Gweiddi mae hi'n gwneud wedyn. Gweiddi ar ei gŵr a'i dannedd dodi'n chwibanu'n ei cheg. *Veneers* neu rywbeth fel 'ny ma nhw'n galw nhw. Rhai gwyn, gwyn, fel dannedd doli. O'dd hi'n ffili cnoi am fisoedd ar ôl eu cael nhw, ond roedd ei thafod hi'n ddigon llym serch hynny.

Dyw hi ddim o rownd ffordd hyn. Rhywbeth wedi dod gyda'r ffair weden i wrth ei golwg hi. Jingelerings a chroen fel croen twrci sydd wedi ei adael yn y ffwrn yn ry hir.

Spray tan sydd 'da fi. *Medium tan* a *natural*. Hen daten yw honna, sy'n gorwedd dan lamp drwy'r dydd. Ma nhw'n gweud bod e ddim yn iach ichi orwedd dan lamp i grwsto, ond 'na fe, ma rhai yn deall y cwbwl a deall dim yn diwedd.

'Gei di honna arna i!' mynte fe, George, nawr wrth lanw 'ngwydr i i'r top unwaith eto. Hen sebonwr bach ag yw e. O'n i'n arfer glanhau fan hyn 'fyd. Tan iddi hi Shani ddechre colli ddi a chyhuddo fi o ddwgyd ambell rolyn o'r bogs. Wedes i wrthi na sychen ni ddim o'n nhrwyn yn ei phapur hi, heb sôn am ddim byd arall. 'Wy ond 'ma nawr achos bod syched arna i a bod e George wedi bod yn tecsto'n ddiddiwedd. Gwendid chi'n gweld. Mae arnyn nhw i gyd. Roedd Dave yr un peth - yr Ecs. Fe dwles i fe mas yn diwedd.

Y grefft wrth lanhau yw glanhau beth sydd yn y golwg. 'Stim lot o boint llusgo celfi mas a hwfro tu ôl iddyn nhw. Ddim, hyd yn oed, os fydd y bòs yn gweud wrthoch chi am wneud. D'yn nhw byth yn pipo dim a gweud y gwir, a wel, os fyddan nhw, y grefft wedyn yw i wneud y jobyn mor araf fel fyddan nhw'n dyfaru gofyn 'to. Wrth yr awr fydda i'n cael y nhalu chi'n gweld. Mae ambell un yn lico bach o ddrewi ffein. Rhowch yffach o wasgad i'r can wrth bo chi'n gadael a gobeithio na sylwith neb fod y seld yn got o ddwst o hyd.

Cofio unwaith, ddes i nôl i gasglu sgarff on i wedi'i gadael ar ôl. Honna sydd â'r tŷ gwyn 'na yn pentre o'dd hon nawr. Gormod o arian a gormod o seiens. Ie 'na chi – gwine' hir a lot o *fake up*. Merch yn coleg yn neud meddygaeth. Beth? Na'th hi ddim gweud wrtho chi? Mowredd chi yw'r unig un te . . . a Q7 ar y dreif (er bod hi ddim yn saff i hwpo whilber).

Wel, casglu sgarff o'n i ac roedd hithau ar y ffôn ar y pryd, drws y bac ar agor ch'wel . . . Wel o'dd hi'n ddwrnod braf, yn do'dd hi? Fe es i mewn gydag un 'Iw-hw!' ac ar y ffôn oedd hi gyda rhyw foi yn dafod i gyd. Trafod ei gasgliad o ddici bows a phethe fel'ny o'dd hi ar y dechrau. Wedyn ma' ddi'n dechrau wherthin fel rhyw ffŵl ar y gwin coch. Trefnu rhyw benwythnos bach yn Gwbert-on-Sea. (Digon pell o gartre chi'n deall.) P'ryd 'ny ddylwn i fod wedi gweud bo fi 'na. Ond wel, ddim yn aml chi'n gallu bod yn bryfyn ar wal.

Y peth nesa glywes i o'dd rhyw lais tu ôl i fi. Wil Post neb llai. Safodd ynte ar fy mhwys a'i lyged e fel dwy bysen ar blât a gwrandawon ni gyda'n gilydd. Pidwch mentro ail-weud nawr cofiwch, ond fe glywon ni'r cwbwl. Sai'n un i farnu nawr. Mae rhaid i bob menyw gael ei thamed yn rhywle yn does e? Ond, wel, don i ddim yn gallu edrych yn ei llyged hi o hynny mlân, alla i weud wrtho chi nawr. Feddylies i rio'd fydde hi'r teip, yn enwedig a hithe newydd golli ei gŵr yr wthnos cyn 'ny. Mae marwolaeth yn feistr arno ni gyd yn dyw e. Es i mas gan bwyll bach, Wil Post a fi . . . ddim ise cynhyrfu'r hen ladi. Oedran da arni 'fyd. Fe sefon ni'n dou yn pipo ar ein gilydd am sbel ar ôl 'ny. Ffili cweit deall beth o'dd mla'n gyda hi. Mitsi'r tshiwawa (hen gi rhech) yn shiglo'i chwt fach wnaeth weud wrtho ni'n dou

134

i shiffto'n stwmps yn diwedd ac felly fe ga'th y sgarff fod tan tro nesa.

Ar noson garnifal mae'r lle 'ma fel Next ar fore sêls. Pobol yn hwpo heibo i'w gilydd a'ch gwasgu chi i'r cornel os adawch chi iddyn nhw. O!, 'co nhw nawr. Parti plu croten Phyllis siop. Shalaina, neu rywbeth yn dechre gyda Sh . . . Sashen fawr binc am ei chanol a bola babi . . . ond digon neis. Mae'n feddw gaib, a'i mam hi, Phyl, ddim lot gwell chwaith. Tr'eni yw 'na, gweld hen lags yn meddwi'n gocls. Mae Phyl yn hongian a gwaelod ei sgert hi wedi dala yn nhop ei nicyrs. Fe weden i wrthi ond – wel, mae fe'n werth ei weld yndyw e? Ddylech chi weld llygaid Winci. Mae hi'n ymestyn ei breichiau nawr dros wddf George tu ôl i'r bar ac mae George yn gwenu lawer gormod am ŵr priod parchus â dau fab a dwy ferch. Daliais y wên yn y llygaid drygionus. Gwenais innau gyda'r un cynnwrf. Pa ots, welodd neb ni.

OOO-ooo! Y dwpsen! Ma'i bag wedi lando yn fy ngwin coch i a hwnnw'n afon ar hyd y carped stici.

'Gad e! Ti'n neud pethe'n wa'th. Gad iddo fe fod . . . wy'n iawn . . . 'stim ots . . . Paid, wedes i!' Mowredd. Mae'n lwcus na wlychodd hi'n nillad i. Well mynd i'r tŷ bach cyn eith hi'n ffeit 'ma. A mas wedyn am fwgyn clou. Bach o awyr iach. Gobitho erbyn 'ny fydd hanner y cathod diawl 'ma wedi mynd i'r clwb rygbi o dan dra'd.

Mae'r awyr yn goch tân erbyn hyn a'r awel yn drwm o ddrewdod *chips* a mwg a chwrw, a goleuadau bach ar fordydd yr ardd yn diffodd o un i un. Mas fan hyn mae sawl un arall wedi anghofio eu bod nhw'n briod. Meddwi'n slaco'r moesau bob tro. Rwy'n chwythu mwg fel sosban

chips a phwy sy'n *digwydd* dod mas ond fe Georgie Boi.
Dim ond digwydd dod heibo i gasglu glasys brwnt.

'Aaarait, Cariad. Mas ar ben dy hunan? Bach o lonydd
ife? Ie, sai'n gweld bai arnat ti . . . menyw smart fel ti. . . .
Merch Phyl wedi meddwi'n blet yn do'dd hi. Ise iddi fynd
gartre yn druenus, eee?' Rwy'n llyncu'r mwg. Does dim
angen dweud gormod. Mae George yn deall tawelwch yn
well na'r un iaith. Mae'n troi i weld faint o lygaid sy'n y
nos, cyn codi ei goes dde a'i gosod ar y fainc bren. Mae'n
pwyso mla'n bach gormod i sibrwd a chusanu fy nghlust.
Mentrus iawn am ddyn priod parchus â dau fab a dwy
ferch. Mae'n dweud wrth chwerthin:

'Ti'n dawel, Mags fach. 'Stim byd ti moyn gweud wrtha i?'
A finnau'n meddwl ei fod e wedi dweud eitha digon yn
barod.

Ma' fe'n showan off. Casglu rhyw saith neu wyth gwydr
peint yr un pryd a dau blat gwag. Tipyn o gamp i ddyn!
Mae fe'n syllu arna i nawr a finnau'n gadael iddo fe. Ro'n
ni'n ffili meddwl am ddim i'w ddweud, heb law am:

'Ti wedi llosgi dy drwyn fi'n gweld.' Hmmm, un fach slei
fan 'na nawr, i roi sbrogen yn 'i *wheel* e. Fydden ni ddim am
iddo fe feddwl bod ei lwc e mewn ormod. Mae'n clirio'i wddf
cyn mentro:

'Ie, gwres ganol dydd yn ddansheris, yn dyw e? Tithe'n
edrych yn . . . dwym 'fyd.'

Ha! Chi ddynion i gyd yr un peth. Gwell 'mestyn fy
ngwydr gwag ato fe a gweud,

'Syched arna i . . . a paid rhoi'r stwff tsiep ifi . . . gan mai
ti sy'n talu . . .'

Wy'n dala ei lygad e bach yn hirach nag o ni wedi

meddwl. Peth ar diawl yw meddwi yntyfe? 'Stim dal beth halith e ichi neud. Dyw e'n ddim lot i edrych arno, w'yn gw'bod, ond 'na fe, ni gyd yn gwbod beth ma nhw'n gweud am gawl wedi aildwymo.

Es nôl tu fewn i iste am bach. Rhy oer i sefyll yn yr ardd drwy'r nos. Mae gwres y llosg haul yn fy nghadw'n dwym. Ond ddim digon twym. Mae George yn ddyn i gyd heno. Winc fach slei o gefn y bar a chwarae ei dafod rownd ei geg fel 'se fe'n rhywbeth arall. Siglais 'y nhin, gan geisio dweud, wel, os mai dyna'r gore alli di neud, fydda i off 'te mewn munud. Mae menyw o brofiad fel fi yn gwbod yn iawn pwy fotwm i'w wasgu.

A sôn am wasgu botymau, mae'r jiwc bocs yn canu Elvis, Rolling Stones, Tom Jones, Status Quo a lot o bethau traddodiadol Gymreig fel 'na. Mae 'na ddigon o fynd a dod, digon o siarad a chanu a mwg a chwrw a chwmni . . . Diflas. Dal dy afael Georgie Boi, daw dy dro di.

'NOS DA!' 'See you boys!' 'Ta-ta' ac 'Ar hyd y nos' sy'n llifo'n lletchwith rhwng mwstashis meddw a boliau cwrw a menywod comon, I'll show you mine if you show me yours, sy'n rhegi unigedd i glec gwag gwydr peint.

Dim ond fi, Jac Rhos, Dai Fish a George sy 'ma nawr, ond dim ond Georgie Boi a fi sy'n ddigon sobor i sefyll – os ma' sefyll fydd raid.

Es i i'r tŷ bach, rhwbeth i neud tra bod Jac a Dai-dal-dy-gwrw'n rhwyfo'n ddall am y drws, a George yn ddyn i gyd yn gweiddi, 'Night all.'

Dda'th y merched gwaith ddim yn agos, yn naddo? Hy! Ond 'na fe, dda'th yna rwbeth gwell, yndo fe? O, do bois bach!

GARETH EVANS-JONES

Bara Beunyddiol

RHAGLEN 1: *Ffilmio, dydd Sadwrn,11 Mehefin*

Gyda theisen foron a ffurflen gais y dechreuodd y cyfan. Petai Dewi wedi cael gwybod beth oedd bwriad ei chwaer, mi fyddai wedi pobi'r ffurflen yn y deisen a'i thaflu ar ei phen i'r bin.

'Wel, mi neith les iti yn lle bod fath â rhyw hen feudwy yn fan'ma,' mynnodd Lora, wrth drochi ei *Digestive* yn ei the. 'Ma'n amlwg fod gynnon nhw ryw feddwl ohona ti neu fysa ti'm 'di ca'l drwadd, yn na'sat?'

Dal i rythu ar y llythyr a wnaeth Dewi. Doedd waeth faint roedd o'n craffu arno, ni fedrai ddirnad ei gynnwys. 'Rydym yn falch o'ch hysbysu fod eich cais wedi bod yn llwyddiannus'. Mae'n rhaid eu bod nhw un yn brin ac wedi gorfod ei ychwanegu o ar y funud olaf, penderfynodd. Ond wrth iddo ddechrau protestio, torrodd Lora ar ei draws,

'Paid â bod yn wirion rŵan. Yli, mi neith les i ti. Cyfle i symud ymlaen.'

Ac felly y cafodd ei ddarbwyllo. Ond rŵan ei fod ar fin camu dros y trothwy, y cyfan oedd arno eisiau'i wneud oedd ei heglu hi oddi yna. Roedd y rownd sirol wedi bod yn ddigon drwg, gyda phawb yno'n llygadu'i gilydd a'r Cythraul Cystadlu'n amlwg ar ysgwydd bob un; yn union fel y steddfodau sir ers talwm. Ond rŵan, roedd o wedi cyrraedd y Genedlaethol, ac nid oedd hynny'n gysur yn y byd iddo.

Gallai deimlo'r gwaed yn curo yn ei glust a'i wynt yn cyflymu fesul eiliad. Gorfu iddo bwyso yn erbyn polyn y babell, plygu ei ben, a rhwbio'i ddwylo ar ei gluniau i geisio sadio'i hun. 'Llanw a thrai' amdani. Anadlu llanw a thrai. Yna, mentrodd i mewn i'r ffau.

Roedd hi'n ferw o gyffro yn y babell: roedd yna griw yn gwrando ar ddyn yn traethu wrth y byrddau, y cyfarwydd-wr yn trafod efo'r dynion camera, a'r hogiau-dal-paneidiau'n edrych fel 'taen nhw mewn te cynhebrwng. Roedd coler ei grys yn teimlo'n dynnach mwyaf sydyn ac mi fedrai glywed y cur yn dechrau eto yn ei glust. Yna daeth dynes ifanc, gyda'i gwallt yn dynn mewn bŷn, aeliau wedi eu paentio'n gam ar ei thalcen, a golwg fel pe bai rhywun wedi gosod rhywbeth anghynnes o dan ei thrwyn ato:

'Dewi Edwards, ife?'

Nodiodd yntau arni.

'O'r diwedd. 'Co chi'r amserlen ffilmo, fydd popeth fyddwch chi angen gwybod yn fyn'ny, *OK?*', ond cyn i Dewi gael cyfle i ateb, roedd hi wedi gwthio pentwr o bapur i'w law, wedi troi at weddill y babell a churo'i dwylo, 'Ma' fe wedi cyrredd – *panic over. OK? Action stations* bobol.'

Ac o fewn dim o dro, wedi i'r naill symud a'r llall gael ei wthio i'w le, roedd Dewi'n sefyll gyda'r pum cystadleuydd arall, yn gwrando ar gyfarwyddiadau'r cynhyrchydd: byddai'n rhaid i'r chwe chystadleuydd gael eu ffilmio'n cerdded o'r plasty i'r babell, er mwyn 'ca'l siot ohono yn ei *grandeur*'; wedyn byddai angen cael sesiwn unigol ar gamera i ddweud sut oedden nhw'n teimlo ar ddechrau'r gystadleuaeth; ac yna byddai angen ffilmio'r cystadleuwyr yn cyfarfod y beirniaid. Ar ôl hynny y byddai'r 'busnes pobi' yn cael sylw.

Felly fuodd hi: ffilmio'r chwech yn cerdded i lawr y grisiau, sawl gwaith, oherwydd bod yr haul yn rhy ddisglair, yna am fod yna frân wedi hedfan yng nghanol un saethiad, ac yna am fod y bwten oedd yn cerdded efo Dewi wedi cael ffit o disian. Ymhen rhyw awr, deallodd Dewi mai Rachel oedd ei henw, ond doedd o ddim callach am y gweddill, a oedd yn amlwg, yn rhyw gyfarwydd â'i gilydd.

Ar ôl hynny, a'r cinio sydyn yn y babell fach, cafodd Dewi ddysgu pwy oedd pwy, gan ei bod yn amser ffilmio'r cystadleuwyr yn eu cyflwyno eu hunain i'r ddau feirniad. Bu cryn ddyfalu ynghylch pwy fydden nhw. Awgrymodd Rachel 'Ella 'ne Mary Berry fydd un ohonen nhw.' Ond fe'i cywirwyd yn ddigon sydyn gan yr hynaf o'r criw a dynnodd sylw at y rhwystr ieithyddol, heb sôn am y ffaith y buasai'n rhaid i S4C wario o leiaf dri chwarter ei chyllideb, petai hynny'n wir.

Erbyn hyn roedd Ela Whitford, y gyflwynwraig, wedi cymryd ei lle ym mhen y babell â gwên sgrin ar ei hwyneb.

'Wel, croeso, bobyddion i'r babell. Yma, ar dir plasty ysblennydd Gregynog. Fel 'dych chi'n gwbod, am yr wythnosau nesa mi fyddwch chi'n mynd ati i bobi, a chrasu, a chrio,' chwerthiniad bach, 'a hynny er mwyn dangos eich donia' fel pobyddion amatur. Ac i feirniadu eich gwaith, mae ganddon ni ddau brofiadol iawn yn eu maes, a'r ddau wedi ennill llu o wobrau – Dinah Daniels a Tom Humphreys.'

Lledodd llygaid Dewi wrth weld y ddau arbenigwr yn cerdded at Ela ac yn troi i'w hwynebu.

'Mi fydd y ddau yn blasu'ch gwaith, yn rhoi cyngor ichi ac yn penderfynu . . .'

A dyna'r cyfan a glywodd Dewi.

Aeth bron chwarter awr heibio cyn iddo ddadebru a phan ddaeth ato'i hun bu bron iddo lewygu eto wrth weld y cylch a oedd wedi ymgasglu o'i gwmpas. Byddai wedi gwneud unrhywbeth i chwa o wynt gipio'r babell i ffwrdd, i ddaeargryn daro Tregynon, neu i ryw ddafad grwydro o'r caeau cyfagos a dod i chwilio am bisyn o deisen sbwnj, unrhywbeth, ond doedd dim diben gobeithio.

'Sut wyt ti'n teimlo?' Roedd y doctor-ar-leoliad yn sefyll uwch ei ben â ffan fach batri yn ei llaw.

Roedd ei geg fel cesail iâr, ond nodiodd yn simsan cyn llwyddo i wthio'r ateb o'i geg, 'Iawn . . . diolch. Boeth, braidd.'

Bu'n rhaid iddyn nhw gymryd egwyl i ofalu fod Dewi'n ddigon da i ddal ati, cyn bwrw ymlaen gyda'r ffilmio – awr yn ddiweddarach.

Y wraig fain â sbectols yn gorwedd ar flaen ei thrwyn oedd y gyntaf i gael ei holi. Mary Roberts – un o gonglfeini Merched y Wawr, cangen Llangefni, cyn-bencampwraig pobi'r Primin, dair blynedd yn olynol, ac yn un dalp o ystrydeb. Doedd hi ddim yn un i frolio, wir, ond 'ma nhw'n deud ma fy sgons i ydi sgons gora Sir Fôn 'chi . . . wel, chwara teg iddyn nhw.'

Rachel, yr ieuengaf o'r cystadleuwyr oedd y nesaf i gyflwyno'i hun: 'Dwi 'di lecio pobi erioed. 'Nenwedig cacenne. Fydde i'n gneud cacenne bach i'r hen bobs yn yr Hôm lle dwi'n gweithio bob wysnos. Mae'n neis cael rhoi trît iddyn nhw weithie. Er bo mwy o cryms yn landio ar y llawr na sy 'na'n cyrredd cege won o' tŵ, 'de.'

Cliff a Dylan oedd y ddau nesaf. Bu'n rhaid treulio chydig mwy o amser efo'r ddau yma gan fod y naill a'r llall fel dwy felin bupur. Ond dyna'r cyfan oedd yn gyffredin rhyngddyn nhw. Dyn jîns oedd Cliff, dyn *chinos* oedd Dylan.

'Odw. Wy'n dwlu pobi – a byta'r cacs wedyn 'te! 'Na pam nagw i fel cortyn ceit!' chwarddodd Cliff.

'Mae e'n rwpeth fi rili'n joio neud. Gweud y gwir, pan wy'n gwitho, 'na gyd wy moyn neud yw bach o bobi. 'Na pam wy'n compito. Ma fe'n *purely* ambytu'r pobi 'chi 'mod,' mynnodd Dylan wrth gribo'i wallt, o weld ei adlewyrchiad yn lens y camera.

Aethon nhw at Dewi nesaf a'i gyfweliad o oedd y byrraf o'r hanner. Wedi iddo ddweud hanner y gwir pam roedd o'n cystadlu, a mentro gwenu'n simsan ar y camera, trodd Ela ei sylw at yr olaf o'r criw. Dynes tua'r un oed â Dewi â gwallt tywyll yn goferu o boptu ei hwyneb. Doedd hi, Rhian, ddim yn byrlymu siarad fel y gweddill, ond eto'n ddigon parod ei sgwrs.

'O'dd e'n rhywbeth o'n i isie neud. O'dd e'n bwysig i mi neud, a gweud y gwir; ca'l y profiad hyn.'

Wedi gorffen crwydro'r byrddau, bu'n rhaid ffilmio'r

beirniaid yn dod i mewn eto, gan fod golwg well ar ambell un erbyn hyn. Yna cyflwynwyd eu sialens am y diwrnod i'r cystadleuwyr, y dasg 'Profi Gwybodaeth': 'Mae Dinah a Tom am i chi neud deg *chouquette* wedi eu llenwi efo hufen fanila. Mae ganddoch chi awr a hanner. Cerwch i bobi!'

Aeth pawb ati'n syth i geisio gwneud synnwyr o gyfarwyddiadau amwys y rysáit, gan obeithio'r gorau. Pawb ar wahân i Dylan, a oedd, digwydd bod, wedi rhoi cynnig ar *chouquettes* dridiau ynghynt fel rhyw fath o ymarfer: 'Maen nhw'n reit *straight-forward,* bach tebyg i *profiteroles*, gweud y gwir.'

Wedi'r cymysgu, y siapio, a'r disgwyl, roedd hi'n bryd iddyn nhw gyflwyno ffrwyth eu llafur ym mhen y babell. Daeth Dinah a Tom yn eu hôl a chraffu ar gynnwys y chwe phlât; y peli o bob maint a siâp. Roedd talcen Tom yn grychau i gyd wrth iddo godi un amheus yr olwg, ei harogli, a'i gosod yn ôl yn ei lle. Aethon nhw ati i flasu un neu ddwy *chouquette* o bob plât gan gytuno 'Nag o's digon o fanila yn hwn', fod 'y *choux* 'ma'n rhy wlyb', a 'dyn â ŵyr lle mae'r hufen yn hwn.' Ond wedi pwyso a mesur dyfarnwyd mai Plât 3 â'i chregyn malwod oedd y gorau, plât Cliff, ac mai Plât 1 oedd y gwaethaf, plât Rachel, ond fe'i cysurwyd mai hi'n sicr fyddai wedi ennill y dasg petai'n rhaid iddyn nhw fod wedi gwneud crempogau.

Y noson honno aeth Dewi'n syth i'w wely. Doedd arno fawr o awydd bwyd ac roedd arno angen gorffwys erbyn y sialens nesaf: 'Dangos dy Ddoniau'.

143

Deffrôdd gan deimlo'n well o lawer. Llwyddodd i gael noson dda o gwsg er iddo ddeffro ryw ddwywaith-dair, yn taeru fod yna rywbeth yn symud yn y stafell. Roedd o'n amlwg wedi clywed gormod o straeon am y plasty hwn.

Camodd drwy'r drws gan deimlo'r ffresni ym marrug y bore. Safodd am chydig a gwrando ar y tawelwch. Doedd dim i'w glywed, dim ond synau'r adar yn y coed ac ambell ddafad yn brefu am ei hoen.

O dipyn i beth sylwodd ar rywun yn eistedd ar ben y grisiau yn edrych i gyfeiriad y coed y tu ôl i'r babell. Rhian oedd hi. Gallai ddweud oherwydd ei gwallt. Rhian a edrychai o'r cefn mor debyg i Cara. Roedd y ddwy'n denau, eto'n siapus, a gwallt sidan yn llifo dros eu hysgwyddau. Ond doedd dim tebygrwydd yn eu ffyrdd, roedd Dewi wedi casglu hynny ar ôl cwta ddiwrnod yng nghwmni Rhian.

Oedodd am eiliad gan ystyried mynd ati, ond yna dechreuodd feddwl . . . a gorfeddwl. Ymhen dim, daeth at ei goed, cymerodd lond ei ysgyfaint o wynt, cau ei ddyrnau'n dynn, a chamu yn ei flaen.

O glywed sŵn y gro, trodd Rhian i edrych y tu ôl iddi. 'Bore da.'

Teimlodd gledrau ei ddwylo'n dechrau lleithio ond nodiodd yn simsan a mentro gwên.

'Ti'n teimlo'n well heddi?'

'Ydw . . . diolch . . . Cwilydd 'de.'

Gwenodd hithau a chribo cudyn tu ôl i'w chlust.

''Sdim isie bod. O'dd bron i finne fynd 'efyd.' Dechreuodd y monitor oedd am ei braich ganu. 'Smo ti'n ca'l cymryd hoe yn ôl hwn.' Diffoddodd y peiriant. 'Se ti'n meddwl bydde fe'n falch 'mod i'n rhedeg ar ddy' Sul. Sa'i'n ca'l cyfle fel arfer.'

"Dach chi'n ddynas capal 'lly?' meddai yntau'n ysgafn, wedi ymlacio o glywed ei sgwrs.

'Eglwys, gweud y gwir.'

'O.'

"Wy'n ficer.'

'O, duwcs.' Yna sylweddoli, 'O, sori.'

Dyna pryd y clywyd drws y plasty yn cau'n glep a sŵn traed yn fân ac yn fuan ar y gro. Roedd gan Mary Roberts ddau focs trwm yr olwg yn ei breichiau, un ar ben y llall, a bag yn siglo am ei harddwrn. Cododd Rhian ar ei thraed wrth i Mary anelu am y grisiau.

'Dowch rŵan hogia bach, 'dan ni'n dechra mewn awr 'chi.'

Bustachodd heibio Dewi, a lwyddodd i gael cip ar gynnwys un bocs: offer cegin o bob math oedd ynddo, a hyd y gallai weld, roedd yna label 'MR' ar bob powlen, clorian a llwy bren.

'Dwi 'di defnyddio'r un powlenni a thunia' ers bron i hannar can mlynedd a dwi'm am stopio rŵan.'

Gyda hynny o eiriau aeth Mary ar ei hunion am y babell a throdd y ddau arall am y plasty. Aeth Rhian am gawod sydyn ac i newid, ac aeth Dewi i'w stafell yntau i ddarllen dros y rysáit unwaith eto, er ei fod yn ei gwybod gair am air.

Gan mai sialens i ddangos eu doniau oedd hon, roedd rhwydd hynt iddyn nhw wneud unrhyw beth; cyfle euraid, felly, i brofi eu gallu, ond hunllef pur i ambell un. Sut oedd modd, mewn gwirionedd, gymharu teisen gyda phedair haen a *ganache* siocled yn llifo dros y cyfan â dwy sgon gaws?

Anadlodd Dewi'n araf cyn tywallt y blawd, menyn, blawd almwn a sudd oren i'r bowlen a dechrau cymysgu'r cyfan. Roedd hi'n rhyfeddol pa mor bwyllog oedd o i gymharu gyda rhai o'r gweddill; roedd yna duchan a chwyno'n dod o'r naill ochr a churo llestri'n dod o'r ochr arall. Pan glywodd duniau'n cael eu gollwng trodd i gyfeiriad y sŵn a gweld Dylan ar ei gwrcwd ac un o'r rhedwyr yn ei helpu i godi'r gymysgedd o'r llawr. Edrychodd draw i gyfeiriad Rhian a wnaeth siâp ceg, 'bechod'. Nodiodd yntau cyn troi ei sylw'n ôl at orffen y toes almwn a dechrau ar yr hufen.

Pan gyrhaeddodd y ddau feirniad y babell a dechrau crwydro'r byrddau, suddodd calon Dewi. Nid y fo oedd yr unig un i deimlo felly chwaith. Daeth y cwestiwn *'Be ma* 'hein isio rŵan?' o gyfeiriad powlen seramig 'MR', ond pan aeth y ddau ati, newidiodd cywair ei chân mewn dim.

'A be 'chi'n mynd i neud i ni heddi?'

'Wel, Tom bach, dwi am neud torth frith – efo joch o de *Earl Grey* ynddi.'

Daliodd Tom a Dinah lygaid ei gilydd am eiliad cyn i Dinah ofyn pam dewis hynny.

'Wel ma'r hen dorth frith yn agos at 'y nghalon i, deud y gwir. Mi fyddwn i'n arfar pobi torth bob wsnos ar gyfar Dafydd, pan fydda fo'n fyw, 'dach chi'n gweld. Ac mi fyddwn i'n rhoi pisyn ohoni yn ei focs bwyd o bob dwrnod – pisyn mwy ddydd Gwenar – i orffan y dorth 'te.'

Nodiodd Mary ac yna aeth y ddau at Rachel a oedd wrthi'n brysur yn tylino. Ar ôl clustfeinio ar y sgwrs honno a gorffen paratoi'r hufen, aeth Dewi draw i nôl ei does a oedd wedi bod yn gorffwys mewn bag plastig ar fwrdd cyfagos. Ar ôl iddo'i rowlio, leinio'r tun, tywallt yr hufen

146

fanila, ei orchuddio gyda haenen arall o does, a gwneud patrwm cris-croes efo fforc, rhoddodd y cyfan yn y popty. Wrth iddo godi, sylwodd fod y tymheredd ar 100°C er iddo daeru ei fod wedi'i roi ar 180°C. Newidiodd y tymheredd, ac yna edrychodd o'i gwmpas. Dim ond un oedd yn edrych i'w gyfeiriad a phan ddaliodd ei llygaid, trodd honno'n ôl at wasgu ei bagiau te.

Treuliodd Dewi, a'r rhan fwyaf o'r lleill, weddill yr amser yn eistedd ar stôl, neu ar lawr, yn gwylio'r hyn a oedd yn digwydd yn eu poptai.

'Chwarter awr, bobyddion, chwarter awr!'

Er y byddai gadael y deisen am ryw bum munud arall wedi sicrhau y byddai wedi'i gwneud drwyddi, penderfynodd Dewi ei thynnu allan a dechrau ffanio darn o gerdyn yn wyllt.

Roedd yn rhaid i bob un, yn ei dro, gerdded i flaen y babell, cyflwyno eu gwaith ar y bwrdd, a sefyll yno i gael sylwadau. Roedden nhw'n ddigon hapus efo'r rhan fwyaf, ar wahân i ambell eisin oedd yn rhy ddyfrllyd, yr hufen oedd wedi dechrau cawsio, a'r 'crwst' nad oedd 'wedi'i witho digon'. Roedden nhw'n weddol hapus efo teisen Fasg Dewi hefyd, er ei bod hi fymryn yn feddal tua'r canol. Ond roedd hi'n stori wahanol pan gyrhaeddodd Dylan fwrdd y beirniaid.

'*Streuselkuchen* felly?'

'Ie. Wel, o'n i moyn neud rhwpeth 'da, ch'mod, o'dd yn releto i fi. Simo lot yn gwbod, ond ma Pont-y-pŵl wedi'i twino 'da Bretten, Jermani, ch'mod. So 'na pam ben-derfynes i neud y Stroisel-crym cec hyn.'

Ond ni lwyddodd yr esboniad i esgusodi'r ffaith fod y

ffrwythau a'r briwsion wedi suddo i waelod y deisen, a bod honno'n gollwng ar hyd y plât.

Ar ôl i'r ddau fod yn trafod, cyhoeddwyd mai Rhian â'i theisen riwbob a chwstard oedd yn haeddu'r Ffedog Wen, ac mi gawson nhw o'r diwedd eu rhyddhau o wres y babell.

RHAGLEN 2 : *Ffilmio, dydd Sadwrn, 18 Mehefin*

Bu Dewi ar bigau drwy'r wythnos. Treuliodd bob diwrnod yn ymarfer ar gyfer y sialens 'Dangos dy Ddoniau' nesaf, a'r gwir oedd ei fod yn edrych ymlaen at gael dianc am dridiau, yn enwedig ar ôl gweld Cara y tu allan i M&S ddechrau'r wythnos. Felly, pan gyrhaeddodd dydd Gwener, fe aeth fel saeth i Dregynon. Ond nid oedd o, fel y lleill, wedi disgwyl yr hyn fyddai gan Dinah Daniels i'w ddweud: 'Rydan ni'n meddwl y bydd hyn yn gyfle gwych i chi ddangos yn union sut fyddwch chi'n gallu cydweithio a chreu rhywbeth dychmygus ar ein cyfer ni.'

'Ar ben hynny,' ategodd Ela, 'erbyn diwedd y penwythnos mi fydd y pâr sydd heb neud cystal yn gadael y gystadleuaeth.'

Yna cyhoeddwyd y timau: Cliff a Rachel, Rhian a Dewi, Mary a Dylan.

Y sialens yn eu hwynebu oedd pobi naill ai 30 teisen fach neu 40 bisged unffurf. Gan mai hon oedd yr unig dasg a oedd yn eu hwynebu'r penwythnos hwnnw, cawson nhw weddill y dydd Sadwrn i drafod a chynllunio beth fydden nhw'n ei bobi ddydd Sul.

Aeth y parau at ei gilydd a phenderfynodd Dewi a Rhian fynd am dro drwy erddi Gregynog, yn y gobaith y deuai rhyw berl o syniad iddyn nhw. Dewi awgrymodd hynny, gan iddo sylwi fod golwg braidd yn llwyd ar Rhian, er ei bod hi'n ddigon siriol ynddi'i hun.

Aeth hanner y bore heibio gyda'r ddau'n cydgerdded ling-di-long yn hel syniadau.

'Wel, diolch byth does 'na'm rhaid i ni neud bara,' meddai Dewi, 'dwi'n hopless 'sti.'

'Wy'n eitha hoff o bobi bara. Fydde i'n trial neud torth bob bore Sul ar gyfer y cymun. Well 'da fi 'ny na'r hen *wafers* sych o'n i'n arfer gael.'

'Bob dy' Sul?'

'Ie, bron. Oni bai fydde i 'di bod mas nos Sadwrn a dim siâp arna i.'

'Ti'n gneud gwin dy hun hefyd?' gofynnodd â mymryn o ddireidi yn ei lais.

'Nagw, ddim 'to. Ond maen nhw'n gweud o'dd y ficer o 'mla'n i'n *dab-hand* ar *sloe gin*!'

Cyrhaeddodd y ddau'r fainc wrth ymyl y goedwig ac eistedd arni. Roedd ar Dewi eisiau gwybod mwy am Rhian, eisiau ei holi'n dwll, ond roedd yr hen deimlad yna'n ei ddal yn ôl. Yr hen deimlad a dyfodd yn ystod blynyddoedd ei briodas. Roedd o wedi bod yno erioed, wrth gwrs, yn cnoi bob yn hyn a hyn, ond ar ôl cyfarfod Cara, byddai'r cnoi'n digwydd yn amlach wrth iddi bigo'r blew yn ei gymeriad. A gwnaeth Cara'n siŵr fod yr hen deimlad yna wedi'i wreiddio yn Dewi'r noson honno pan gydiodd hi yn ei goriadau a'i chot, a gadael y gwir a gelwyd cyhyd ar ei hôl. Bellach, roedd hi'n ddigon hapus efo'i phartner newydd, a'r ddwy wedi ymgartrefu yng Nghaernarfon.

149

'Mae'n boeth 'dydi,' mentrodd Dewi wrth deimlo chwys yn ymhél am ei wddw.

'Mae'n braf . . .' hanner sibrydodd hithau. Bu tawelwch am sbel wrth iddi rwbio'i braich ac edrych ar y plasty yn y pellter. Yn y man, gofynnodd, ''yt ti'n dod o Fangor, yn wreiddiol felly?'

'Yndw. 'Di byw ar yr un stryd bron â bod ar hyd f'oes.'

'I Fangor es i – i'r coleg, flynydde nôl nawr. 'Sa i 'di bod fan'ny ers tro whaith.'

'Fydd raid i chdi ddod acw am banad,' meddai'n sydyn cyn difaru wrth ei gweld hi'n oedi.

'Oe'n i wystod yn hoffi mynd am wac dros y bont, a mynd lawr at yr eglwys fach 'na ar yr ynys ar bwys y goedwig. 'Sa i'n cofio'i henw hi nawr.'

'Ia, wn i pa un ti'n feddwl.'

Ac aeth y ddau yn eu blaen i siarad am y llefydd roedd hi'n eu cofio a'r hyn oedd bellach wedi newid yno. Ymlaciai Dewi yn ei chwmni gyda phob brawddeg, a phan aethon nhw i mewn i'r goedwig i chwilio am ysbrydoliaeth, daeth y ddau'n llawer mwy cyfforddus efo'i gilydd.

'Ti'n briod?' holodd Rhian.

'Nac 'dw. Wel, mi o'n i. 'Di gwahanu beth bynnag . . .' atebodd Dewi.

Plygodd Rhian a byseddu clwstwr o flodau'r gwynt oedd wrth droed coeden dderw. Roedd rhywbeth bron yn blentynnaidd ynddi, meddyliodd Dewi, wrth iddi fwytho'r pennau gwynion, bob un yn ei dro.

'Chditha?'

Arhosodd ei llaw wrth un blodyn, ac wedi eiliad neu ddwy cydiodd ynddo, a chraffu'n hir arno.

'Nagw. Wel, mewn ffordd, wy'n wraig i bawb yn y plwy . . .'

Gollyngodd anadliad ysgafn. Rhedodd ei bys yn dyner ar hyd y petalau gwywedig a daeth gwên ysgafn i'w hwyneb, gwên a gymhellodd Dewi i fentro.

'Ti isio mynd am damaid o ginio? 'Dan ni'm yn ca'l fawr o lwc nac 'dan?'

'Ie . . .' gollyngodd y blodyn a throi ato, â dagrau wedi cronni'n ei llygaid. 'Ie, syniad da.'

RHAGLEN 2 : *Ffilmio, dydd Sul, 19 Mehefin*

Roedd Rhian eisoes yn y babell yn gosod yr offer ar y wyrctop ac yn mesur y cynhwysion pan gyrhaeddodd Dewi. Roedd gweddill y cystadleuwyr yno'n barod hefyd, wedi hen ddechrau paratoi, felly prysurodd Dewi ati i helpu gorau gallai.

'Pwylla nawr, ma 'da ni ddigon o amser. A 'ta beth, wy'n credu bod ni ar y bla'n i'r lleill.'

Edrychodd Dewi ar weddill y babell a gweld Rachel yn brysur yn mesur blawd ar y glorian, Cliff yn sgwennu yn ei lyfr bach, a Mary'n tynnu ei hoffer o'i bocs gan adael i Dylan sefyll, yn ei gwylio.

Ar ôl i Ela a'r ddau feirniad gyrraedd y babell, cafodd pawb ddechrau ar eu gwaith. Roedd Dewi'n dal i weld y beirniaid yn crwydro'r byrddau yn dipyn o niwsans, gan y byddai'r sgwrs honno'n siŵr o'i daflu, ond y tro hwn roedd Dinah a Tom i'w gweld yn ddigon bodlon gyda'r hyn roedd o a Rhian yn ei wneud.

Y cyfan a glywodd Dewi o'r sgwrs efo Rachel a Cliff oedd Cliff yn tynnu coes Ela, 'Ei! Cadw dy bumps mas. Sna ni moyn *false nails* yn y cacs.' A'r cyfan a glywodd o'r sgwrs efo Mary a Dylan, oedd Mary'n cywiro Dylan, nad '*shortbread*' oedden nhw am ei wneud ond 'Teisenna Berffro – ac ma gynnon ni gragan fôr o Draeth Mawr, Berffro, hefyd 'chi.'

Aeth y sialens yn weddol ddidrafferth i Dewi a Rhian. Dilynodd Dewi ei chyfarwyddiadau a gwnaeth hithau'r tasgau a oedd yn gofyn am ychydig mwy o dechneg. Yr unig beth mawr a aeth o'i le oedd i Rhian ollwng y tuniau wrth eu rhoi yn y popty. Pinnau bach yn ei braich, meddai hi.

Ddwy awr ar ôl dechrau, cyhoeddodd Ela, 'Dyna ni bobyddion, mae'ch amser ar ben!'

Rhian a Dewi aeth â'u macarŵns oren, mintys, a siocled siâp sêr yn gyntaf at y bwrdd, ac ar wahân i'r ffaith fod y mintys braidd yn gryf (Dewi wedi bod yn rhy hael) mi gawson nhw sylwadau digon cadarnhaol.

Dilynwyd nhw gan Cliff a Rachel â'u 'Jams Jemima': tartenni Ffrengig gyda phicfforch caramel yn sefyll ym mhob un. Nid oedd modd cuddio'r wên ar wyneb Tom wrth weld cynnig a oedd 'yn wreiddiol ac yn ddychmygus.' Ac am y rhesymau hynny dyfarnwyd y Ffedog Wen (bu'n rhaid cael hyd i un arall, er bod honno'n fwy o liw hufen na gwyn) i Cliff a Rachel.

'Ond yn anffodus, yn ein gadael ni heddiw, ac yn gadael y gystadleuaeth,' cyhoeddodd Ela â thristwch-gwneud yn ei llais, 'mae Mary a Dylan.'

Derbyniodd Dylan ei dusw'n dawel, â gwawr o ryddhad ar ei wyneb. Ond roedd gan Mary Roberts un peth bach i'w ddweud cyn iddi adael pabell *Brwydr y Becar*.

'Wel 'na 'ni ta. Rhydd i bawb 'i farn, mwn . . . *Bake Off* blwyddyn nesa!'

Caeodd gist ei gar a chodi'r bag ar ei gefn. Roedden nhw eisoes wedi cael gwybod mai pastai fyddai tasg y sialens 'Profi Gwybodaeth', felly roedd Dewi wedi bod yn ymarfer bob diwrnod drwy'r wythnos. Roedden nhw hefyd wedi cael gwybod y caen nhw ddefnyddio'u hoffer eu hunain ar gyfer y dasg, felly roedd Dewi wedi manteisio ar y cyfle drwy lenwi ei fag â llwythi o duniau gwahanol. Roedd gwaddol Mary Roberts yn amlwg, felly.

Wrth iddo gerdded am y babell, clywodd gar yn gyrru at y plasty. Trodd a gweld mai Rhian oedd yno a daeth ton o ryddhad drosto. Roedd o wedi dechrau poeni braidd am nad oedd hi, yn wahanol i'r arfer, wedi cyrraedd nos Wener. Roedd golwg flinedig arni, meddyliodd, ond yna sylweddolodd nad hi oedd yn gyrru. Rhyw ddyn iau na Dewi â sbectol ganddo oedd yn sedd y gyrrwr. Wedi diffodd yr injan, dringodd hwnnw allan a nôl bag o gefn y car. Cymerodd hi'r bag ganddo ac wrth wneud hynny gafaelodd yn ei law. Gafael yn dyner, yn yr un modd ag y gafaelodd yn y blodyn yn y goedwig.

Gwyliodd y dagrau'n diferu ar hyd ffenest y babell. Roedd y naws yn wahanol gyda llai yno'n pobi a'r gystadleuaeth wedi cyrraedd y rownd gyn-derfynol. Ond nid y gystadleuaeth oedd flaenaf ar feddwl Dewi erbyn hynny. Rhwbiodd y menyn a'r lard i'r blawd gan godi'r gymysgedd yn achlysurol a theimlo'r briwsion yn syrthio rhwng ei fysedd. Gwnaeth hynny am sbel ond ar ôl sylwi fod pawb arall wedi hen ffurfio'u toes ac wedi dechrau ar y llenwad, tywalltodd Dewi'r dŵr i ganol y bowlen, a'i weithio'n galed.

Am y tro cyntaf yn y gystadleuaeth roedd amser yn llusgo, er bod y gweddill i'w gweld ar bigau'r drain wrth i'w pastai grasu. Cododd ei ben a gwelodd Rhian yn rhythu ar ffenest ei phopty. Edrychodd hi ddim arno, na chynnig y wên a fyddai'n ei dawelu. Anwybyddodd hi Rachel hefyd pan gynigiodd honno baned i Rhian. O weld hynny, bu Dewi rhwng dau feddwl mynd ati, gan fod rhywbeth yn amlwg ar ei meddwl, ac efallai fod hynny'n rhywbeth i'w wneud â'r dyn a ddaeth â hi yno. Ond cafodd ei rwystro gan gyhoeddiad Ela, 'Chwarter awr ar ôl bawb; chwarter awr.'

Fuodd Dinah a Tom fawr o dro'n blasu ac yn beirniadu'r wyth pastai Cernyw, a phenderfynwyd mai pastai Cliff oedd y gorau, felly fe gafodd gadw'r Ffedog Wen. Unwaith i'r camera orffen ffilmio, diflannodd Rhian o'r babell heb ddweud yr un gair wrth neb.

Ar ôl swper y noson honno, rhannodd Cliff a Rachel botel o win efo rhai o'r criw ffilmio, ac aeth Dewi i grwydro'r gerddi yn y glaw. Roedd o wedi curo ar ddrws stafell Rhian, ond ni chafodd ateb.

RHAGLEN 3: *Ffilmio, dydd Sul, 26 Mehefin*

Buon nhw'n sefyllian am sbel yn disgwyl i bawb gyrraedd y babell. Roedd Cliff, Rachel a Dewi'n sefyll yng nghanol y llawr yn holi ei gilydd ynghylch absenoldeb Rhian.

'Weles i mo'ni nithwr adeg swper.'

'Na finne. O'dd hi'n ocê?' gofynnodd Rachel i Dewi, ond torrwyd ar eu traws wrth i'r cyfarwyddwr a'r cynhyrchydd gyrraedd. Aeth y ddau draw at Dinah a Tom a siarad yn ddwys am rai munudau, cyn i'r cyfarwyddwr droi at y criw a dweud: 'Yn anffodus, mae Rhian wedi gorffod gadel y gystadleueth. 'Herwydd 'ny fydd neb arall yn gadel penwythnos 'ma . . . Mae 'da ni'n tri ffeinalist felly, ond fyddwn ni'n dala i fynd 'mla'n 'da'r dasg heddi. *OK*?'

Gwibiodd y diwrnod heibio mewn dim. Yr unig gyffro yn y babell oedd pan sylweddolodd Rachel ei bod wedi defnyddio halen yn lle siwgr, ond erbyn hynny roedd ei theisen wedi hen ddechrau codi. Cael a chael oedd hi i Dewi fedru gorffen ei deisen oren a siocled, ond hyd yn oed wedyn roedd y canol wedi dechrau suddo. Cliff oedd yr unig un a lwyddodd i gadw ei bwyll, felly doedd hi'n fawr o syndod mai ei *Battenberg* siocled a mafon a ddaeth yn fuddugol.

Roedd bron i bythefnos tan y bydden nhw'n ffilmio'r rownd derfynol; digon o amser felly i bawb ddod ato'i hun a rhoi'r penwythnos hwn y tu ôl iddyn nhw.

Dydd Iau, 7 Gorffennaf

Eisteddodd yn y car gyda'i ddwylo'n dynn am yr olwyn yn ei ddamnio'i hun am fod mor fyrbwyll. Roedd ei sylw wedi'i hoelio ar ganfod lle roedd hi'n byw, ond feddyliodd o ddim am eiliad beth fyddai'n ei wneud unwaith iddo gyrraedd yno. A dweud y gwir, chafodd o fawr o drafferth cael hyd i'w chyfeiriad. Ar ôl iddo roi ei henw, ei gwaith a'i hardal i Google daeth llun ohoni ac erthygl am ei hanes yn gwirfoddoli yn Zambia'r flwyddyn gynt. Roedd hi hefyd wedi rhedeg marathon Llundain ddwywaith er mwyn codi arian ar gyfer Achub y Plant, ac o dan y cyfan roedd ei chyfeiriad ar gyfer y sawl a fyddai'n dymuno ei noddi.

Cara oedd yr un a oedd wedi'i ysgogi. Wedi iddi fod yn rhefru ar y ffôn ei bod hi'n hen bryd iddo arwyddo'r papurau ysgaru unwaith ac am byth, aeth ar y cyfrifiadur ac yna neidiodd i'w gar a gyrru. Gyrru bron i bedair awr i Lanbed i weld dynes nad oedd o brin yn ei hadnabod.

Gwasgodd ei ddwylo'n dynnach am yr olwyn wrth i'r hen deimlad gnoi yn ei stumog. Caeodd ei lygaid, anadlu'n ara' deg a'u hagor eto. Erbyn hynny, roedd yna ddynes yn gafael yn llaw ei mab yn cerdded heibio i'r car ac yn edrych yn amheus ar y gyrrwr. Penderfynodd felly ei fod yn bryd iddo symud.

Arhosodd am chydig ond ni ddaeth ateb, felly pwysodd y gloch eto. Ar ôl munud neu ddwy agorodd y drws. Simsanodd pan welodd hi o.

'Be ti'n neud 'ma?'

'Helô i chditha,' atebodd yntau, yn synnu braidd at hyfdra'i lais, ond yn synnu fwy o weld y cymylau duon dan ei llygaid.

'Sori. Nag o'n i'n disgw'l dy weld di'n . . . 'Shgwl, dere – dere mewn.'

Cafodd ei arwain ganddi i'r gegin a rhoddodd hithau'r tegell i ferwi ar y stof. Gwyliodd hi'n estyn y cwpanau gan sylwi ar y cleisiau ar ei breichiau esgyrnog.

'Te?'

'Plîs.'

Rhyw bigo briwsion o sgwrs gawson nhw wrth i'r ddau fagu paneidiau yn y gegin. Dim ond ateb cwestiynau a wnaeth Dewi, ac roedd yr holi wedi dechrau mynd yn llafurus i Rhian.

'Pam ddest ti'r holl ffordd 'ma?'

Oedodd am eiliad gan edrych yn ddwys i'w gwpan.

'Dewi?'

'O'n i'm yn dallt . . . O'n i'n poeni . . .'

'Doedd dim isie i ti.'

'Wel, o'n i'n meddwl ella bod 'na ryw . . . Ar ôl gweld y boi 'na . . . Wyt ti'n iawn?'

Edrychodd hithau'n ddwys arno cyn ei ateb, 'Gruff. Gŵr y'n ffrind i o'dd e. Ma' fe'n gofalu am 'reglwys nawr hefyd . . . Iawn?'

Gwyrodd ei lygaid at y llawr a dilyn y graen yn y pren. Yn y man, cododd ei ben ac edrych i fyw ei llygaid, 'Be sy ta?'

Ei thro hi oedd oedi. Bu saib am ennyd wrth iddi droi ei chefn arno ac edrych drwy'r ffenest. Roedd ei dillad yn rhy fawr iddi, sylwodd Dewi. Daliodd hithau i edrych ar yr eiddew'n dringo talcen yr eglwys. Fyddai'n fawr o dro eto nes byddai ei gwreiddiau'n tyllu'r wal ac yn nadreddu ei ffordd i mewn i'r adeilad, meddyliodd.

'Rhian?'

Crwydrodd ei llygaid at y ffenest liw, at y darlun o Mair a Iesu yn ei chôl, a gollyngodd ochenaid dawel. Cododd ei llaw'n bwyllog, ac wrth iddi gribo'i bysedd trwy'r gwallt tonnog, tynnodd y wig oddi ar ei phen.

''Sa i isie i ti fradu d'amser.'

Roedd yna ddagrau'n cronni yn ei llygaid, yr un dagrau â'r rheiny a welodd o yn y goedwig y dydd Sadwrn yna. Dagrau blodyn y gwynt. Cymerodd gam bychan yn ei flaen a rhoi'r gwpan ar y bwrdd. Roedd hi wedi cau ei llygaid erbyn hyn, a'i dwylo'n pwyso ar ymyl y sinc. Cymerodd gam arall yn nes ati a rhoddodd ei law'n gloff ar ei braich.

Sychodd ei wyneb gyda chefn ei law gan adael stribyn o flawd ar hyd ei dalcen. Roedd o wedi ychwanegu dŵr nes bod y toes yn caglu am ei fysedd ac wedi mynd ati i weithio'r gymysgedd nes bod yna fwg gwyn yn codi o'i amgylch. Gallai glywed y gwaed yn curo yn ei glust ac roedd ei grys yn glynu wrth ei groen. Gollyngodd ochenaid, a'i ddwylo yn yr un modd. Ar ôl eiliad neu ddwy, cododd ei ben ac edrych i gyfeiriad y criw ffilmio gan iddo daeru iddo glywed un neu ddau ohonyn nhw'n chwerthin. Llyncodd ei boer ond daliodd i rythu i'w cyfeiriad, ac o dipyn i beth, yng nghanol y niwl o wynebau, fe'i gwelodd hi yno, yn ei wylio.

Cwta ddwy awr yn ddiweddarach, daeth Ela Whitford i ganol y llawr a chyhoeddi fod 'Amser ar ben!' Bu'n rhaid i'r tri fynd â'u gwaith, yn yr un modd ag arfer, i ben y babell cyn mynd allan am rai munudau tra oedd y beirniaid yn tafoli. Nid oedd yn syndod i ambell un na fuon nhw fawr o dro'n penderfynu. Roedd teisen oren a siocled gwyn dair haen Cliff wedi codi braw ar Dewi o'r dechrau, ac ar ôl iddo weld teisen Rawys Rachel yn dwt ar fwrdd y beirniaid, fe wyddai nad oedd cymhariaeth rhyngddyn nhw â'i dorth goch, nad oedd prin wedi codi ond rhyw dair modfedd. Er hynny, bu i Dinah a Tom ganmol rhinweddau'r tri phlât ac annog pob un i ddal ati ar ôl y gystadleuaeth. Gyda hynny o sylwadau gwthiodd Ela i ganol y ddau a chyhoeddi y byddai Ffedog Wen ac offer cegin *Brwydr y Becar* yn mynd yr holl ffordd i Abergwaun.

'Wel myn yffach i!'

Am y tro cyntaf yn y gystadleuaeth, ni fedrai Cliff ddweud yr un gair wrth iddo gael ei anrhegu â'r Ffedog a'r tusw, ac wrth i'r babell gyfan ei gymeradwyo. Wrth i'r camerâu fynd yn nes at y bwrlwm, bachodd Dewi ar y cyfle ac aeth i gornel y criw ffilmio.

'Be ti'n da 'ma?' gofynnodd iddi.

'Helô i tithe,' meddai, â mymryn o ddireidi yn ei llais.

'Sori, jyst do'n i'm yn . . .' gwenodd yn gloff cyn dweud, 'wel, ddoe oeddat ti'n 'sbyty a . . . ydi Gruff yn disgw'l amdana ti?'

'Nag yw.'

'Sut wyt ti'n mynd adra ta?'

'Sa i'n gwybod. Bodio?' Oedodd hithau cyn edrych i'w lygaid, 'Neu falle y caf i ymweld â Bangor unweth 'to?'

GWEN LASARUS

Mêl

Heddiw, prin oedd hi'n cofio blas mêl, a hithau'n nain, yn dathlu ei phen-blwydd yn chwe deg a thair oed. Clamp o deisan, a chwe deg a thair o ganhwyllau wedi eu sodro fel sowldiwrs bach drosti hi i gyd a chwe deg a thair o fflamau bychain yn goleuo'i hwyneb rhychiog.

'Chwythwch nhw i gyd.'

'Dowch 'laen chwythwch nhw Nain.'

'A chofiwch neud dymuniad 'de.'

Dymuniad? Fe wnaeth yr un dymuniad pob blwyddyn ers ei phen-blwydd yn naw oed. Daeth yr hen flinder 'na drosti hi eto. Cofio a ddim isho cofio chwaith. Sleifiodd yr hen atgofion yn ôl i'w meddwl, sleifio'n gyfrwys fel hen ffrind oedd wedi pechu. Caeodd ei llygaid, a gadael iddyn nhw ddod, fesul un.

Blas tew, diog oedd i'r mêl. Cannoedd o sêr bach melyn yn llithro lawr ar hyd ei thafod ac i lawr ei gwddw. Cofiai fel y byddai'n smalio fod ganddi hi ddolur gwddw er mwyn cael mwy o fêl. Nid fod rhaid iddi smalio o gwbl gan mai cadw gwenyn oedd diléit ei thad, a'i thaid, ei hen daid hefyd o ran hynny, a gwyddai fod ei hen hen nain yn stwna efo gwenyn yn ei dydd.

Roedd mêl yn ei gwaed hi.

'Cwch' oedd y gair cyntaf iddi ynganu, nid 'mam' neu 'dad', 'mw-mw', 'me-me' na 'cwac-cwac'. Gair anodd, 'cwch'. Ar ei genedigaeth rhoddodd ei thad gwch, a'i lond o wenyn iddi hi'n anrheg. Ei chof cynharaf oedd gorwedd ar ei chefn mewn coets yn yr ardd yn gwylio'r petha bach du a melyn yn hofran o gwmpas ei phen. Bron fel tasa nhw wedi dod i ddweud 'hylô' wrthi hi.

Chafodd hi 'rioed bigiad gan 'run ohonyn nhw.

'I be tisho caboli pen yr hogan 'ma efo'r pla du na sy gin ti dwa'?' byddai tiwn gron ei mam.

'Paid ti â gwrando ar Queen Bee,' sibrydai ei thad yng nghlust y fechan, ac yn ddigon uchel i'w mam glywed. Un garw oedd ei thad am dynnu coes.

'. . . a phaid ti â meddwl nad ydwi'n dy glwad di Jac. Queen Bee wir, chlywish i 'rioed ffashiwn lol,' gwaeddodd ei mam ar ei ôl, a chythru am yr hwfyr i ladd sŵn y gwenyn. Llnau oedd ei phethau hi.

Chwerthin wnai ei thad a sŵn prancio yn ei lais, gwisgo'i ddillad gwynion, ac allan a fo i drin y gwenyn. Taflu winc ati'n slei bach wrth iddo blannu ei draed mawrion yn ei welingtyns a sisial, 'Wt ti'n dwad 'ta?' a hitha'n sboncio i mewn i'w welingtyns bach hitha, ac estyn am ei het wen a'i menyg.

'Tŷ twt, meddwl twt,' meddai ei mam, wrthi hi ei hun fwy na neb arall.

Doedd Mel ddim yn dallt llnau. Pam fasa ei mam isho llnau pan fasa hi'n medru dringo coed a sbio ar y byd o'r top, neidio i afonydd yn ei sgidia, a dal penbyliaid, cuddio mewn *dens* a smalio bod yn *alien*, a swingio, a chwara concyrs, a sgipio, a rhedag rasus gloÿnnod byw a neud *fish a chips* efo dail a briga, a sbio ar y sêr yn wincian, a bod allan o wynt, a chwara *Lost in Space*, a reidio beic a'r teiars yn fflat, a chwara Wimbledon heb fat na phêl, a chwara tylwyth teg a darllen *Llyfr Mawr y Plant* a smalio bod yn *posh*, a hi oedd yr hogan ar *The Avengers* a . . .

Ond llnau wnâi ei mam bob dydd. Llnau a thwtio'r sied yn y Gwanwyn, llnau a thwtio'r ardd yn yr Haf, llnau a thwtio'r garej yn yr Hydref a llnau a thwtio'r tŷ yn y Gaeaf. Ond ei thad fyddai'n gofalu am y gwenyn, a'i ofal yn dyner bob amser.

'Y gyfrinach ti'n gweld, Mel fach, ydi gwrando ar y gwenyn. Os gwrandewi di'n ddigon astud, glywi di betha mawr . . .' a'i lais yn crwydro eto at y gwenyn bach, a mynd ati i godi caead y cwch cynta i gael golwg ar y teulu oddi mewn.

Medrai ei thad siarad efo'r gwenyn, ac roedd o'n deall eu hiaith nhw. Doedd 'na ddim cyfrinachau rhyngddyn nhw. Fo ddysgodd Mel sut i siarad efo'r gwenyn, mi wnaeth ei thad yn saff o hynny.

'Ma isho inni gadw petha yn y teulu weldi, ma'n bwysig. Ti'n dallt 'dwt?' medda fo.

A byddai Mel yn sbio arno fo efo'i llygid mawr brownion ac yn plygu ei phen yn ara.

Pan ddudodd hi wrth ei ffrind gora, Mari, ei bod hi'n siarad efo'r gwenyn, mi ddudodd hi ei bod hi'n siarad efo Blewyn ei chath fach hi.

Doedd Mel ddim yn meddwl ei fod o cweit run fath rwsut, ond ddudodd hi ddim byd.

'Ma Blewyn yn fy ngharu i,' medda Mari wrthi hi.

'Ma'r gwenyn yn caru pawb,' medda Mel.

'Paid â bod yn stiwpid! Ma dy wenyn di'n pigo, a dydi hynna ddim yn neis o gwbwl.'

A wedyn mi ath hi i ddeud wrth bawb yn yr ysgol. Y gnawas.

Byd arall oedd y cwch gwenyn. Byd o drefn.

'Maen nhw'n dawnsio,' medda Mel.

'Maen nhw'n hapus, weldi,' meddai ei thad, 'yntydach, fy miwtis bach i? Mor hapus â'r dydd, dydach?'

'Pam eu bod nhw'n gwneud sŵn blin ta?' holai Mel o hyd.

'Canu'r Tylwyth Teg ydi hwnna, a maen nhw'n suo ei gilydd i weithio weldi. Ma'n waith calad bod yn wenyn, wsdi.'

'Tyd, awn ni hel mêl i dy fam,' a byddai'n dangos iddi hi sut oedd cribo'r crwybr hefo'i lwy i gael y mêl i mewn i'r potyn.

'Aur pur,' sibrydai ei thad yn falch i gyd.

'Aur pur,' meddai Mel, gan gredu bob gair a ddwedodd ei thad erioed.

Byddai ganddi hi ei llwy sbâr ei hun a gadwai yn ei phoced, ac fe ddefnyddiai honno i lithro ambell lwyaid o'r aur pur i'w cheg pob hyn a hyn, a'r blas yn ei meddwi.

Smaliodd ei thad nad oedd yn gweld, a gwên fach yn goglais ochr ei lygaid.

'Wnewch chi ddim dweud wrth neb na wnewch chi, fy miwtis bach i?' sibrydodd Mel wrth y gwenyn yn chwareus. 'Ein cyfrinach fach ni fydd hi.'

Blynyddoedd lawer wedyn, fe ddarganfu fod gan ei thad, yntau, lwy sbâr yn ei boced hefyd.

Arferai ei mam edrych allan ar y cychod gwenyn o ffenest y gegin wrth iddi hi olchi llestri a dirmyg yn ei llygaid. Sychu'r llestri fyddai Bet, ei ffrind.

"Da'i'm yn agos at y diawlad pigog,' meddai wrth Bet, 'ond ma Jac yn mynnu cadw'r cnafon bach. A fydda i'n poeni sdi, Bet bach, be tasa'r dialwad yn pigo Mel a hitha'n cal *anaphylactic shock* ac yn marw? Dwi'n gofyn iddo fo o hyd ac o hyd, sdi. Yli, fasa ti'm yn madda i ti dy hun, Jac bach, me fi wrtho fo. Ond ydi o'n gwrando? O ddiawl mae o'n gwrando arna i. Ma nhw 'di bod yn y teulu ers blynyddoedd, mae o'n ddeud, a rhyw rwdl am gadw'r gyfrinach, a rhyw rwtsh fel'na. Pa gyfrinach, dwn i ddim. Dio'm 'di deud wrtha i, fedar o ddim me fo, am mai cyfrinach ydi hi. Cyfrinach ydi cyfrinach me fo wedyn. Ond fedri di ddeud wrth dy wraig, siŵr Dduw, me fi wrtho fo. Ond na, ddudith o ddim. Dwn i'm pam, swn i'm yn deud wrth neb. Mond wrthat ti, de Bet, a mam ma siŵr. Ond faswn i'm yn deud wrth neb arall. A wedyn mae o'n deud na neith y gwenyn ei phigo hi byth. Am ei bod hi'n sbeshial, medda fo. Speshial o ddiawl. Mi bigith y diawlad na rwbath sy'n symud os gan nhw hannar tsians, Bet bach, na fi'n deud tha chdi.'

Fyddai Bet yn deud dim, mond gwrando a sychu'r llestri.

'Fy Mhrenines fach i wyt ti, ynde Mel?' swcrai ei thad hi.

Cannwyll ei lygaid oedd Mel, doedd dim dwywaith, ond y gwenyn oedd ei gariad cyntaf.

'A dyma hi, Brenhines y cwch weldi; hi di'r un fwya o'r cwbwl lot, weli di hi?' medda fo'n dangos y Frenhines i Mel. 'Hi sy'n penderfynu be 'di be, pwy di pwy, a be ma pwy yn cal neud. Pob un gwenynen fach efo'i job, a phob un yn gwbod lle ma'n sefyll. Dim cwibyl, dim lol.

''Na chdi be ydi trefn, felna ma hi a felna dyla hi fod, yn fy marn i,' medda'i thad. Tasa'r wlad ma'n debycach i gwch gwenyn, mi fydda'n nefoedd weldi.' Ac wedyn mi fyddai ei thad yn mynd i siarad politics, a hitha'n mynd i freuddwydio, a'r ddau yn trin y gwenyn.

Roedd hi wedi gweld sawl gwenynen wedi marw yn y cwch, corff bychan diymadferth yn gorwedd ar ei ochr a'i draed i fyny'n llonydd.

Pan fu farw ei Nain, doedd ei mam ddim yn fodlon iddi hi fynd i weld y corff, er iddi hi ofyn a gofyn.

'Ti'n rhy ifanc siŵr. Deud wrthi hi, Jac . . . yr hogan wirion.'

Doedd hi ddim yn hogan wirion, oedd hi'n gwbod hynny, a doedd ei mam ddim yn ei feddwl o; torri ei chalon oedd hi, medda ei thad, am fod Nain wedi mynd at Iesu Grist.

'Pam oedd hi isho mynd at Iesu Grist?' gofynnodd i'w thad.

Ac wedyn mi ddudodd ei thad wrthi mai oherwydd fod ei hamser hi wedi dwad y cafodd hi fynd at Iesu Grist, ac mi roedd hi'n hapus efo Fo.

Mi fu'n poeni am hir wedyn, fod ei nain wedi bod mor anhapus yn byw efo hi a'i mam a'i thad, ei bod wedi mynd i fyw at Iesu Grist. Ac roedd hi isho mynd i fyw efo Iesu

Grist hefyd, roedd hi isho bod hefo'i Nain.

'Gai fynd i fyw at Iesu Grist hefyd, at Nain?' gofynnodd i'w mam ddiwrnod y cnebrwng.

'Be haru'r hogan ma? Wel, na chei siŵr! Am beth i ofyn, wir. Rŵan, gwisga dy sgidia iti gael mynd i dŷ Miss Hughes yn hogan dda. Ma dy dad a finna isho mynd i gynhebrwng Nain,' meddai ei mam yn ddiamynadd i gyd. Doedd hi ddim yn dallt pam na chai hi fynd i'r cynhebrwng efo'i mam a'i thad a phawb arall. Roedd yn swnio'n hwyl.

'Be di cynhebrwng?' holodd wedyn.

'Mynd i ddeud 'ta-ta' wrth Nain 'dan ni weldi, mechan i,' anwylodd ei thad ei gwallt.

'Ond . . .' meddai Mel, roedd hi isho deud 'ta-ta' wrth ei Nain hefyd, ond doedd fiw iddi hi ddeud hynny.

Pwysodd ei thad ei fys ar ei wefus ac wedyn pwyso ei fys ar ei gwefus hi, ei gusan bach o iddi hi, a gwyddai mai'r peth gorau i'w wneud oedd tewi a bod yn hogan dda. Doedd hi ddim isho mynd at Miss Hughes, roedd na ogla nionod a *bleach* arni hi, ac roedd hi'n flin.

'Ti'n licio tartan mwyar duon 'dwt? Dy wenyn bach di nath y mwyar duon, pob un wan jac ohonyn nhw weldi,' ac agorodd ei cheg fel aderyn y to a blasu'r fwyaran a blas y nefoedd arni.

Y noson honno aeth Mel allan yn ei phyjamas at y cychod gwenyn. Y lleuad yn dri chwartar effro ac yn dri chwartar oleuo llwybr arian iddi hi ar hyd y lawnt i waelod yr ardd. Cododd gaead ei chwch gwenyn yn ofalus. Doedd hi dim isho dychryn y gwenyn a doedd hi ddim, chwaith, yn gwisgo ei dillad gwyn na'i het-cadw-rhag-pigiad, ond doedd hi'n poeni dim. Gwyddai na fyddai'r gwenyn yn ei phigo hi, ei ffrindiau gorau oeddan nhw. A dydi ffrindiau gorau ddim yn brifo'i gilydd.

Edrychodd ar y gwenyn a theimlo'i chalon yn curo.

Teimlai siffrwd adenydd pili-pala yn ei bol. Teimlai fel crio a chwerthin 'run pryd. Teimlai'n gynnes tu mewn ac yn felys, felys, i gyd.

Diolchodd i bob un gwenynen fach yn ei thro, oherwydd ei bod yn nabod bob un wrth ei enw: 'Diolch Jimi, Tomi, Defi, Dili, Do, Colin (ar ôl y dyn drws nesa), Mimi, Mwydryn, Popsi a Pepsi, Mellten, Pluen, a Dandi . . .' nes colli cownt.

Roedd y lleuad fel petai'n dylyfu gên, wrth iddi gerdded nôl ar hyd y llwybr arian golau.

Un canol ha', un mwll a llonydd, yn boeth ers wythnosau a'r byd i gyd yn ddiog ac yn llipa, roedd hi'n glòs a phigog, a'r nos ei hun fel tasa'n troi a throsi yn ei wely mawr. Ha' diog oedd yr ha' hwnnw. Ha' gorweddian a hepian cysgu. Ha' lemonêd cartra a the oer. Ha' i gariadon a ha'-traed-yn-'rafon a honno wedi crebachu, yn llifo'n ddeigryn tuag at y môr. Ha' melyn a du, a'r gwenyn yn brysurach nag erioed. Eu sŵn fel sŵn trydan ar wifren yn hofran, hofran, yn blino, blino.

'Biti fod na ddim swits *off* ar sŵn y blwming gwenyn ma,' cwynai mam Mel.

Doedd gan ei mam fawr o gariad at y gwenyn. Roedd ei hwyneb yn goch a'i thymer yn ddu ac roedd hi wedi gwylltio efo'r ardd. Doedd gan yr ardd ddim diddordab, roedd yn cysgu. Roedd y pridd yn goncrit a'r craciau yn gegagored, fel tasa nhw'n gweiddi isho diod. Ond roedd yr awyr yn wag.

Roedd y gwair yn felynsych, fel tasa fo'n sâl. Collodd y rhosys eu rhin a throdd y cabaij a'r rhiwbob yn gardbord.

Diflannodd y sbonc allan o sboncyn y gwair a distewi wnaeth crawc y llyffant bach powld oedd yn byw yn y pwllyn yn yr ardd, a doedd dim ond llygedyn o ddŵr ar waelod hwnnw, prin ddigon i dorri syched gwybedyn. Ond roedd y gwenyn yn brysurach nag erioed, eu bwriad yn glir yn eu cân.

Am dri munud ar hugain wedi tri ar y dot y pnawn arbennig hwnnw, yr awel yn ddim a'r tes yn drwm, fe gododd un gwenynen o'i gwely, ac un arall, ac yna deg, ac ugain ac ymhen dim roedd cannoedd o wenyn wedi casglu at ei gilydd yn un lwmpyn mawr du, byw.

Cododd y giwed efo'i gilydd a hedfan mewn undod. Pob pâr o adenydd bach yn ysgwyd i fiwsig cudd y gwenyn. Pob un yn gwybod be oedd angen ei neud.

Pob un yn ufudd i'r Frenhines. Roedden nhw'n chwilio am rywbeth.

Codasant o'r cwch, a hedfan yn osgeiddig efo'i gilydd yn osgordd hardd, ddu, dawnsio ar yr awel efo'i gilydd, yn un teulu mawr, bodlon, i fyny, fyny, tuag at y nefoedd.

Daeth cysgod ar draws yr haul a oedd yn ffwrnais.

'Cwmwl?' meddyliodd Mel. Cododd ei phen o'r llyfr roedd yn hanner ei ddarllen. Ac yna clywodd y swn, fel swn mwrdwr.

Roedd ei mam ar ei gliniau yng nghanol y border bach a oedd yn chwyn i gyd a'r blodau wedi hen anghofio sut i fyw.

168

Roedd ei gwallt yn das wair, ei bochau ar dân a phridd a chwyn yn dod allan o'i chlustiau hi.

'Sut ddiawl mae chwyn yn tyfu yn y ffashiwn wres, a phob peth arall yn marw? Y?' bloeddiodd nes dychryn y titw a'r dryw o'u cwsg canol pnawn.

Doedd mam Mel ddim yn dallt trefn petha. Roedd dant y llew a dalan poethion a milltiroedd o rosyn gwyllt pigog wedi eu dadwreiddio o'i chwmpas hi fel Uffern ac yn bygwth ei thagu hi.

'Dwi'n cwffio efo'r ardd 'ma,' Mel bach, a ma'n lladd i,' sŵn pigog i'w llais hi wrth iddi hi drywanu blaen ei rhaw i galon y pridd styfnig. Tarodd y ddaear â'i holl nerth.

Cododd Mel a mynd i'r gegin i nôl gwydriad o lemonêd oer i'w mam.

Y tu ôl iddi clywai ei mam yn curo'r pridd yn ddidrugaredd, yn tantro. Ai Natur oedd y bwli, ynteu ei mam? meddyliodd wrth i'r dŵr oer o'r tap lifo'n braf dros ei dwylo chwyslyd.

Doedd brenhines y cwch ddim yn hapus.

Tywyllodd yr haul, tywyllodd y byd i gyd fel eclips ac fe baratôdd yr adar bach i glwydo.

Teimlodd Mel iâs oer yn llifo trwy ei gwaed, teimlai fod rhyfal ar gychwyn.

Y pnawn hwnnw dalltodd Mel be oedd grym.

Hedfanodd y belen ddu o wenyn prysur yn araf tuag at mam Mel. Roedden nhw'n anelu'n syth amdani a'r cwbl a allai Mel ei wneud oedd syllu wrth i'r gwenyn amglychynu ei mam a'i gorchuddio.

Roedd pen ei mam wedi diflannu a'r cwbwl oedd ar ôl oedd ei chorff yn syrthio yn un lwmpyn blêr i ganol y Dalan

Poethion. Clywodd sgrech, fel sgrech diwedd y byd, ac yna dim byd. Dim byd ond sŵn trydan ar wifren yn symud yn y tes. Mewn eiliad fe sleifiodd y giwed flin yn osgeiddig o'r fan lle gorweddai ei mam, allan o'r ardd a hedfan i fyny i'r awyr las.

Gollyngodd Mel y gwydryn, a malodd yn deilchion ar y teils cynnes.

Rhewodd yn y gwres, a theimlai ei bod mewn breuddwyd, hunllef, un hunllef erchyll.

Gwelai ei mam yn gorwedd yn y border bach a'i hwyneb yn y pridd.

Ni symudai fodfedd. Roedd hi eisiau chwerthin, am fod ei mam wedi marw.

Roedd rhaid iddi hi symud rywsut, rŵan, rŵan, brysia, rhed, am dy fywyd. Roedd hi ar ei phedwar yn cropian at ei mam, llusgodd ei hun ac ofn fel pelen dynn yn ei bol.

Edrychai ei mam fel cath fodlon yn cysgu yn yr haul. Plygodd Mel a gosod ei chlust wrth geg ei mam i wrando. Teimlai fel petai'n gwrando ar y meirw yn cwynfannu. Clywai ei hanadl ei hun yn gyflym ac yn uchel, panig. Tarodd ei llaw ar ei chalon i geisio tawelu'r curiadau.

Roedd rhaid iddi hi neud rhywbeth. Be? Codi, rhedeg, brysio, brysio, cliciti-clac, cliciti-clac fel trên yn mynd, yn mynd. Coesa'n drwm, wedi cael sioc, wedi dychryn, wedi fferu, argyfwng, cym-on coesa, rhed fel y gwynt, rhed am dy fywyd, rhed a rhed a rhed.

Cyrraedd y tŷ, y ffôn, damia, baglu, y ffôn, fflipin hec, ma hi'n boeth, rhy boeth i hyn, y ffôn, cythru, deialu, llaw yn crynu . . . llais.

170

'Which service do you need?'

'Don't know um . . . ambulance. Mum's ill . . .'

Yn sydyn, *jump to it*, rhedag nôl allan, gormod, methu cofio be i neud, a wedyn 'clic', rhwbath arall yn cymryd drosodd, shifft, newid, arafu, anadlu, anadlu, meddwl, slofi, cymryd pwyll, anadlu a stopio.

Diflannodd y wên o wyneb tad Mel pan ddiflannodd y gwenyn, fel tasa rhywun wedi dwyn ei galon a rhoi carreg yn ôl yn y twll lle roedd ei galon wedi bod.

Eisteddai mam Mel yn ei chadair yn syllu i wagle tywyll, ei llygaid hi fel rhew glas di-liw, yn ddyfrllyd a phell.

Mae hi'n galed ac ar y wal o goncrit o'i chwmpas mae arwydd 'Dim Mynediad', ma'r golau mlaen ond does neb adra. Hen stori ydi hi bellach, dŵr dan bont.

Chwalwyd a llosgwyd y cychod gwenyn i gyd hyd nes nad oedd dim byd ar ôl ond arogl melys mêl.

Does dim blodau'n tyfu yn yr ardd, ac mae'r pwllyn wedi hen sychu a'r llyffant bach powld wedi cilio i gartra gwell. Does dim gardd, dim ond sgwaryn anfarth o goncrit calad gwyn a glân. Carchar oer.

'Llai o waith chwynnu a phalu fel hyn,' meddai'i mam.

'Ti'n iawn,' meddai'i thad a mynd nôl at bapur newydd ddoe. Ac ar ôl 'chydig fe flinodd ar geisio darbwyllo ei wraig nad oedd y gwenyn wedi ei phigo o gwbl y diwrnod hwnnw. Chwara oeddan nhw, ac yn eu cyflwr hapusaf un pan yn heidio, roedden nhw'n rhydd, ac yn hedfan yn un teulu braf ar antur newydd.

Syllu arno byddai ei wraig â chasineb yn ei llygaid, a gwyddai mai dim ond disgwyl ei chyfle i gael gwared ohonyn nhw yr oedd hi.

Pob ha' deuai ambell wenynen i lanio ar y concrit gwyn, rhyw hiraeth am yr hen le, ma siŵr. Ac mi fyddai hi'n shw-shwio'r cas beth o'i gardd a'i bywyd.

Gwelai'r hiraeth am y gwenyn yn gafael yn ei thad fel glud tew a'i yrru i'w gwman.

Mi gafon nhw gath fach o'r enw Mymryn, ac yn sydyn reit roedd pawb isho bod yn ffrindia efo Mel.

Ac mae hi'n haf unwaith eto, a heddiw ar ei phen-blwydd yn chwe deg a thair mlwydd oed, mae'r awel yn dawel fel yr awel ers talwm. Does dim smic i'w glywed, ond murmur suo'r gwenyn o'r cwch ar waelod yr ardd. Mae Mel yn edrych allan ac yn gweld y gwenyn bach yn hofran wrth geg y cwch fel tasa nhw wedi dod i ddweud 'Pen-blwydd Hapus!' wrthi.

Ei anrheg pen-blwydd iddi hi ei hun ydi'r cwch gwenyn. Daw'r hen arogl cyfarwydd yn ôl iddi. Arogl mêl, ac mae hi'n gwenu.

'Dowch y cnafon, awn ni i weld os oes 'na fêl yn y cwch, ia?' ac mae'r plantos a hithau'n gwsigo'u dillad gwynion ac yn camu allan i groesawu'r gwenyn adra.